ハヤカワ文庫SF
〈SF2287〉

宇宙英雄ローダン・シリーズ〈620〉

深淵の独居者

アルント・エルマー&ペーター・グリーゼ
嶋田洋一訳

早川書房
8534

PERRY RHODAN

DER EINSAME DER TIEFE

KAMPF UM DAS TECHNOTORIUM

by

Arndt Ellmer

Peter Griese

Translated by

Yooichi Shimada

First published 2020 in Japan by

HAYAKAWA PUBLISHING, INC.

This book is published in Japan by

arrangement with

PABEL-MOEWIG VERLAG KG

through JAPAN UNI AGENCY, INC., TOKYO.

目次

深淵の独居者

登場人物

アトラン……………………………アルコン人。深淵の騎士

テングリ・レトス＝
　　　　テラクドシャン……ケスドシャン・ドームの守護者。深淵の騎士

ジェン・サリク……………………テラナー。深淵の騎士

ドモ・ソクラト(ソクラテス)……ハルト人。アトランのオービター

ボンシン(つむじ風)………………アバカー。レトスのオービター

クリオ………………………………サイリン。サリクのオービター

グナラダー・ブレク………………ジャシェム。深淵の独居者

コルヴェンブラク・ナルド………同。放射能工場の長

フルジェノス・ラルグ……………同。温度工場の長

バーレンベク・ジャンツ…………同。自由テクノトール

領主ムータン………………………グレイの領主

ブハル
ミュルズ＝2 }………………………領主ムータンの手下。主力部隊指揮官

サイ…………………………………ヒューマノイド型サイバネティクス。自称オモレ人

深淵の独居者

アルント・エルマー

第一の時の黄昏《たそがれ》

かれにわずかな自由をもたらしたのは、制御できない奇妙な力だった。まるで突然、生ある意識に目ざめたかのようだ。こんどはいったいどんな自由を得たのか？　それはいつまでつづくのか？

以前はそこになにかがあったはず。精神の触手でそれをつかんで確定しようとしたが、とどかない。鬱屈《うっくつ》した怒りをかかえたまま揺りかごのなかにとどまり、向こうが近づいてくるのを待つしかなかった。

だが、思いがけなくそれをしっかり捕らえることができた。〝奇襲〟より前の生活に関する記憶の一部をつかみとり、それにかぶりつく。二度と手ばなさずにすむことを願って。

第一の〝時の黄昏〟のことを思いだす……

＊

「枡《ます》がいっぱいだ！」ミニチュア版の一ジャシェムががらがら声を張りあげ、ちいさな腕をのばして計量枡を指さした。液体供給ラインは自動的に停止している。「この枡がいっぱいになるのは、あんたの理解不能なユニットのひとつが期限切れになったということ。また年老いたのだな、グナラダー・ブレク！」

ちびにそう話しかけられた者は、目玉焼きほどの大きさの目をふたつ形成した。それを突出させ、計量枡の上でゆらゆらさせる。なかの液体は甘い香りをはなち、かれはそのにおいが嫌いではなかった。

前に一度、その液体を味見している現場をちびが見とがめて、金切り声でわめき散らしたことがある。ついにかれは、自分が居住している〝楕円体〟からちびを追いだすしかなくなったもの。

「年老いた、か」ブレクがうつろな声でくりかえす。「年老いたからどうだというんだ？　だれがどうなろうと、どうでもいいだろう？」

「どうでもいいさ」と、小ジャシェム。「ただ、あんたを見てるのがおもしろいだけで！」

ちびはかれのまわりを跳ねまわり、とうとうブレクは癇癪《かんしゃく》を起こした。ちいさなからだを電光のようにすばやくつかみ、遠くに投げつける。小ジャシェムは楕円体のエネルギー・フィールドのどこかにぶつかり、警報音を思わせる甲高《かんだか》い声をあげた。ブレクは気にするふうもなく、ちびがゆっくりと床に滑り落ち、のろのろと住みかのドームにもどっていくのを眺めた。

「二度とわたしの前に顔を見せるな」ブレクがきびしい口調でいう。ほかのジャシェムのように自分を〝かれ〟と呼ぶことは、もうほとんどなかった。「こんど見かけたら楕円体からほうりだすか、存在を消去してやる。見ただけで気分が悪くなる！」

「おやおや」ちびがため息をつきながらいう。「楕円体もわたしも、あんたが思考でつくりだしたものだってことを忘れたのか？　楕円体とわたしの存在がたがいにリンクしているとは考えないのか？」

「リンクなどしていない！」ブレクは反射的に否定した。

「わからないぜ！　わたしなら、賭けてみようとは思わないな。あんた、自分の技能について、いつもなんていってる？　制御できないんだろう。その成果を利用するだけで！」

「自分の技能ではない！」ブレクが無愛想にいった。これ以上アクティヴ体に固執《こしゅう》する気はない。楕円体の中心にある揺りかごに向かい、そのなかに入り、エネルギー・クッションの上におちつく。直後にノズルが開き、揺りかご内に不思議なフォーム・エネルギーが噴出した。たちまち縁までエネルギーが満ちる。

ブレクは満足の声をあげた。この栄養摂取のやり方は気にいっている。一ジャシェムとして、かれは独自のエネルギー湖を利用する権利を有していた。ゆっくりとからだを動かすと、揺りかごが揺れはじめる。

「だったら、だれの技能なんだ？　例の〝理解不能な場所〟のか？　楕円体とわたしが存在しなかったら、あんたになにができる？」ちびは揺りかごににじりよった。

「そこを動くな！　フォーム・エネルギーをぶつけるぞ！」ブレクがわめくと、小ジャシェムはちいさなドームのなかに飛びこみ、必死に駆けまわった。通信装置を作動させ、ブレクの居住空間全体に声を響かせる。

ブレクは聞いていなかった。パッシヴ体をとり、揺りかごを満たす液体のなかに沈みこんでいる。栄養たっぷりのエネルギーに身をひたすのは快感だった。肉体と精神がほとんど瞬時に回復する。かれは、ちいさなドームのなかのあわれなちびの姿を想像した。その生命は、ちびがときどき分解して部品をチェックする安いバッテリーほども価値のないものだ。

こんなものをつくって誇れるだろうか？

答えはもちろんノーだ。ちびはすでに数年間ずっと存在しているのに、名前さえない。楕円体とともに物質化し、ブレクは最初、ひどく驚いたもの。出現した原因を調べたが判明せず、結局、すべてを楕円体の外の〝理解不能な事象〟のせいにした。そこにすべてを維持している〝施設〟が存在するから。その施設を制御するのがブレクの任務だった。それができるのは、かれに知識と経験があったからだ。すべてがかれの種族ジャシェムの産物であり、かれは自分の種族を愛していた。同胞の要求に応じるため、かれはゆっくりと、だが確実に、自分の生命を捧げている。

ゆっくりと、だが確実に。ブルーのからだにまたひとつ赤い斑点が増えていた。最初は鮮紅色だが、時間がたてば黒ずんでいくだろう。これまでもそうだったように。

心がふたたびさまよいだす。かれはすべてを知っており、すべてをあつかうすべを心得ていた。生ける巨人にも似たここのマシン類について、知らないことはなにもない。それでも、いま生じている事象は理解不能だった。自分がここにいることに関係があるのはわかっている。かれの意識は最初から変化し、肉体のほうはやや遅れて変化を開始した。

ここでの生活は計量枡とは関係なく細切れにされている。ジャシェムはそう思った。そのとき、ちびの文句がようやく終わった。あれはわたしの無意識の産物、自分自身の子供時代の遺産なのだろうか？

記憶を掘りさげて考える。かつてミニチュア版ジャシェムのおもちゃを持っていたことがあったろうか。だが、突破不可能な壁にぶつかり、自分の記憶がどこかでとぎれていることがわかった。

時の黄昏とは、まさにぴったりの単語だった。〝終わり〟あるいは〝最後〟という意味を持つから、わたしの記憶を閉ざす壁とも多少は関係があるのだろう。

休息と栄養補給を終え、揺りかごの深みから浮上して、体重移動でゆっくりと揺れをとめる。かれはふたたびアクティヴ体にもどり、揺りかごから外に出た。

「おはよう！」ちびが透明ドームの下にすわったまま、挑発的に声をかけてきた。なにかを分解しているが、ブレクは目を向けなかった。施設が外で自動的に補充するどうでもいいものを、しょっちゅう分解しているのだ。ほうっておいても害はない。ここには損害が生じるようなものはなく、破壊活動など不可能だから。ちびはその独特の性格にもかかわらず、ジャシェムの姿だからか、見るとかれは気分がおちつくのだった。

「まだ朝ではない」ブレクは不機嫌にいいかえした。「気づかないのか？　もうすぐあらたな時の黄昏だ。楕円体は眠り、わたしも眠る。ここではおまえだけが永遠にトラブルの原因になる。外にほうりだして、深淵に落下させるべきだな！」

その脅しに二重の意味があることに気づいて、つい笑い声をあげる。かれは思いがけず手に入れた居住空間……ほかにいい名前もないのでたんに楕円体と呼んでいる……の境界を見つめた。外の領域を眺めるために苦労して設置した制御装置に目を向ける。すべて順調だ。失われた部分はなく、監視状態は完璧で、深淵の地はいまのところしずかだった。ジャシェムは身のまわりの状況を心から閉めだし、深淵の地がそもそも存在するのかどうかもふくめ、なりゆきをすべて精神の目で見ることにした。自分の種族が遠い昔になしとげたことを思うと、こころよい身震いがはしる。あれほどのことができる種族はほかにいないだろう。

そのことを誇りに感じるのはブレクだけではなかった。そう、ちびでさえその栄光と自覚の残照を理解しているらしい。からだのサイズがちいさいせいで、それが尊大さとなってあらわれてしまっているが。これは劣等感のせいでしかない。

ふたたび感覚を周囲に向ける。かれを苦しめてやまない存在はドームの下から出てきて、計量枡の真上にある供給管にすわっていた。

「あらたな時の黄昏だ」ちびが低く陰気な声でわたしの言葉をくりかえす。「あんたはまたグレイ領主の絵を壁に描きはじめる。光の平面についての詩を引用して、気分を引き立たせてやろうか？」

ブレクはさっと片手をのばしたが、ちびは用心していた。供給管の上を跳びすさり、プラスティックのチューブをつかむ。雨樋を滑りおりるようにチューブを下降して、ブレクが楕円体内に敷きつめた柔らかい床材に触れると、急いでつくりだしたたくさんの脚で駆けだした。

「捕まえてみな！」ちびが叫んだが、ブレクは無視した。どこか外から鈍い音が聞こえる。

ちびもそれに気づいた。

「捕まえないほうがいいかもな。おとなしくしてるよ。もうじゃまはしない。ほんとうにあらたな時の黄昏がきたのかもしれない！」

ジャシェムは駆けだした。楕円体をあとにする時がきたようだ。

＊

通路はいつもどおり友好的だった。ブレクが輝く壁に到達する前に形成されたものだ。かれは滑るように通路を抜け、あらたな祝福の前兆を探した。今回はなんだ？　理解不能ゾーンのどんな特殊性が関わっている？

見えるのは霧ばかりだ。どっちを向いてもグレイの濃淡があるだけで、そこをときおり黒っぽい影がよぎる。ブレクはなにもうつっていないディスプレイを見つけ、駆けよった。呼び出しボタンを押すと、すぐさま一サイバネティクスが応答した。たくさんあるなかの一体だ。ときおり、こんなにいらないと思うこともある。

二個の車輪がついた長い棒が霧のなかからあらわれ、かれの目の前で停止した。

「報告しろ！」ジャシェムは不安そうにからだを前後に揺らした。

「全システム、完璧です。構成体はどこも異状ありません。いつもどおりです！」

「この霧は？」

「あなたのほうがよく知っているはず。わたしは用ずみです！」

サイバネティクスはまわれ右して姿を消した。ブレクは自分が霧のまんなか、つまり物質化ゾーンのまんなかに立っていることを思いだした。急いで楕円体にもどろうとすると、タービンが深淵の地に嵐のような風を巻き起こすのにも似た、甲高い咆哮《ほうこう》が周囲に満ちた。

咆哮が大きくなり、雷鳴のようにとどろく。それは、この理解不能な連続体の高く大きなホール状の空間に、何倍にもなって反響した。

ブレクは凍えるような冷気が全身にひろがるのを感じた。パニックに駆られ、楕円体のなかに逃げこもうとしたものの、それでどうなるのかはわからない。だから撤退はあきらめ、生じはじめたものを直接体験するほうを選んだ。

霧がもうもうと湧きあがる。そのなかにぼんやりした影が見えた。これまでは想像しかできなかった領域か時間からやってきたものたちだ。それらの存在そのものが、そこからなにかが生じることを示唆《しさ》している。

「深淵にかけて！」ジャシェムは声をあげた。「あれはなんだ？　まるで邪悪の中心が姿をあらわしたようじゃないか？　ニー領なのか？」

耳をつんざくような笑い声が聞こえた。ドームのなかにいるちびではない。霧のなかの影がなにかをおもしろがって、呵々大笑《かかたいしょう》している。ブレクを笑っているのか？

かれは楕円体のしなやかな外被にからだを押しつけた。温かさが伝わってきて、これもまたよく似たやり方で出現したことを思いだす。まったく同じ状況だったといってもいい。当時はなりゆきに圧倒されてぼんやりと認識しただけだったが。この飽和状態でも身をもってなりゆきを体験できるとは、深淵の全ヴァイタル・エネルギー貯蔵庫に賞讃あれだ。

霧が濃いグレイから黒に変化した。なかの黒っぽい影たちは赤みを帯びている。闇のなかの標識灯のようだ。いくつかは危険なほどブレクに接近してきた。影がゆっくりと凝集し、輪郭がわかるようになり、やがて全身の姿が判明する。複数いるが、どれも個人的には知らない相手だ。そのなかで目にした一生物は、節くれだった古木のような姿をしていた。前を行く者たちを追いかけている。

木の姿を見たブレクは凍りついた。全身が震え、あまりにもばかげた考えが頭に浮かんで、ヒステリックに笑いだしてしまう。

「まさか」うめくようにいい、深いため息をつく。「ヴァジェンダにかけて、そんなはずはない。ここでなにが起きている？　どうして深淵の地のなにもかもがここにくるのか？　無理だ。多すぎる。大陸ひとつぶんにもなってしまう。ここはひろいが、それでも多すぎる。どうやって対処しろというのだ！」

　だが、それはやってきた。かれが全力で遠ざけていたもの。霧のなかにどこまでもつづく建物の輪郭だ。そのあいだを動きまわる多数の人影も見える。ブレクはぞっとした。自分の姿はかれらに見えているのだろうか？　だれもこちらに気づいていないのか？

　霧が完全に晴れた。最外縁は空にそびえる高い壁だ。壁は透明で、ブレクは朦朧《もうろう》とした思考が数秒だけ明瞭になった瞬間、それが現実ではないことを認識した。ほんものは違うし、縮尺も合っていない。ここに物質化して存在を確立したのはその物体そのものではなく、縮小されたミニチュアだ。

　それでも、そこに存在はしている。透明な壁は音を通さず、ブレクは楕円体が出現したときと同じように慎重に近づき、手触りをたしかめてみた。壁は硬質で、楕円体の外被よりもずっとかたい。軽くたたいてみたが、壁の向こうの者たちはまったく気づかなかった。音も聞こえず、見えてもいないようだ。かれらにとってはなにも通さない壁なのだろう。

　こんなこと、あるはずがない。ブレクはなんとかおちつこうとした。こんなこと、ありえない。

　不安だった。この状況が拡大したら、自分の作業領域はどうなってしまうのだ？　ここに本来あるはずのない、深淵の〝下層〟に属するもので、いつか施設も〝次元空間〟もあふれてしまうのではないか？

「あはは!」大きな笑い声が聞こえた。目を転じると、ちびが楕円体から出てくるところだった。ちいさな指で、物質化したものを指さしている。「なにをぼうっとしてい

る？　こんどのいんちき仕事はどんな感じだ？」

「いますぐおまえをあの壁に投げつけてやる」ブレクは憤然とわめいた。「自分で見て

こい！」

ちびは急いで壁に近づき、においを嗅《か》いだ。

「ここ上層にあるほかのものと同じく、どっちつかずだな。どうするんだ、グナラダー

・ブレク？」

ジャシェムは地面に突っ伏した。パッシヴ体にはなっていないが、まるで無生物のよ

うになり、ちびが数回つついてもまったく動かない。

「わたしをひとりにするな！　高いものにつくぞ！」ちびが甲高い声で叫ぶ。

やがて、ようやくブレクが起きあがった。立方体のからだをなかば直立させ、非難が

ましく上体の一部をさししめす。

「報いだ！」と、弱々しくうめく。「報いを受けた！」

それまでブルーだったからだの部分に、赤い斑点がひとつできていた。大きさは小ジ

ャシェムくらいだ。

「いつだってこうなる。わたしにはとめられない！」

ブレクはからだを途中まで起こしたまま小ジャシェムを見つめ、慎重に片手でつかんで、目の高さまで持ちあげる。

「おまえ、以前の身長はどれくらいあった？　あれがここにくる前、楕円体はどれくらいの大きさだった？」

「どうして大きさなんか？　なにをいってるのかわからない！」

ブレクはミニチュアの都市を指さした。中心あたりには、閉ざされた空に向かってななめにそびえる塔が見えた。

「あの塔を知っているか？　あれがなにを意味するかを？」

ちびがなにもいわないので、ブレクが答えを口にした。

「あれはスタルセンだ。永遠のスタルセン、深淵穴の下にある都市！　なぜわたしがミニチュアについてあれこれいうのか、これでわかったろう？」

ちびは出現以来はじめて、自分が他者の楽しみをだいなしにするだけではないことをしめした。

「わたしはいまよりも背が高かったことはない。こいよ。見せたいものがある！」

ちびが急いで先に立ち、両者は楕円体にもどった。小ジャシェムが自分で勝手に深淵監視システムを作動させ、モニター上に映像を表示させるのを見て、ブレクは信じられない思いだった。

「ほらな」ちびが話しだす。ジャシェムはまだ目をまるくしていた。「スタルセンはまだもとの場所に存在する。あのミニチュアは都市そのものではないということ。たぶん、わたしの大型版もどこかに存在するのだ。楕円体と同じように！」

ちびは制御卓から跳びおり、言葉をつづけた。

「これでおたがいのことがちゃんとわかったな。わたしをまともにあつかったほうがいいぞ、グナラダー・ブレク。二度とわたしを壁に投げつけるな。大型版のわたしに出会ったとき、報復されたくなければな！」

ブレクはろくに聞いていなかった。不安が募る。深淵の地に存在する物体の小型版が自分の目の前で物質化したのだから。いまではそう確信している。それに対してできることはなにもなかった。かれは無力で無防備だ。

戦わなくては、と自分にいいきかせる。三度めを起こさせるわけにはいかない。絶対に。

「もう一度、外に出る」ちびの声が聞こえた。「住民をじっくり見てみたい！　このあらたな時代の夜明けに！」

1

ジャシェム帝国のすべてが息をひそめていた。テクノトリウムの構成要素であるサイバーモジュールは動作を停止した。建物や交通機関は不気味に静止し、狂気におちいった芸術家の作品のように、晴れた空に向かって乱雑に突きだしている。ジャシェムの知性を感じさせるものはなにもない。

テクノトリウムは待っていた。文字どおり、次に起きることを待ちかまえているのだ。反対するテクノトールはいない。ジャシェムたちは怒りと失望に襲われていた。ためらいのすえ無気力になっていた最後の一名までが、フルジェノス・ラルグとコルヴェンブラク・ナルドの報告を聞いて、空洞球でのはげしい議論から引きずりだされた。

とんでもない話だ。時空エンジニアが深淵の騎士三名をサイバーランドに送りこんだのは、この地をグレイ領主に引きわたしてジャシェムを光の地平に逃げこませ、ふたたび自分たちの下で働かせようとしたためだという。光の地平の住人は、生命を脅かされればジャシェムが古い確執《かくしつ》を忘れ、ふたたび時空エンジニアの秩序のもとに復帰するだろうと考えたらしい。

深淵の技術者たちの頑迷なまでの決意を計算に入れていないのだ。

アルテナグ・ヴァウンはルマンバー・ドラフトとともに高架街路の上に後退していた。下に見える街路はうねっていて、フォーム・エネルギー流のひとつからエネルギー湖があらたに生じるときの波を思いださせる。すべてが凍りついているが、寒くはない。ヴァウンはばかにするような声をあげ、漏斗《ろうと》状の有柄眼のひとつを同行者に向けた。その気分を知ろうとしたのだ。ドラフトの肉体は、周囲のあらゆるものと同じく、微動だにしない。しばらくすると、ヴァウンは注意をサイバネティク平面にもどした。テクノトールたちもサイバネティクスの群れも、すでに姿を消している。

「ニー領が存在することに疑いの余地はない」ヴァウンがいきなりいった。「それは光の地平を囲繞《いじょう》し、ほかの深淵の地から孤立させている！」

「だから？」と、ドラフト。「そうなればなるほど好都合だ！」

「〝かれ〟は、きみの見方をいささか頑迷だと考える」と、ヴァウン。「光の地平にいるのは時空エンジニアだけではない。コスモクラートに知られた創造の山もある。あの山は時空エンジニアがつくったものではない。なぜなら、〝トリイクル9〟という名のプシオン・フィールドが固定されていた場所だから。モラルコードの一部であるそのフィールドがこの宇宙を確立させている構成要素であることは、だれでも知っているだろう。とりあえず時空エンジニアのことはしばらく忘れて、もっとコスモクラートの考えを想像してみることだ！」

「そんなことに興味などない」ドラフトが不機嫌に応じる。「〝かれ〟は空腹なのに、種族のせいで栄養摂取を妨げられている。湖に浸かることができないのだ。物性が変化させられ、表面が硬化したせいで、どんなジャシェムにも突き破れないから。この状況が長くつづいたら、サイバーランドでの犠牲者はベショルナー・ポルトだけにとどまらないだろう」

「きみの自己憐憫《れんびん》は非現実的だ、ドラフト。混乱して、ばかげた話をならべたてているだけ。だれの役にもたたないし、なにより、きみ自身のためにならない。考えをまとめて、〝かれ〟の話に耳をかたむけたほうがいい。時空エンジニアとニー領のことを話しているのだ！」

「そんな話は聞きたくない！」

「ニー領はなにひとつ通過させない。カグラマス・ヴロトのおかげで、そう判断できるだけの情報があるのだ。なのに、どうやってわれわれジャシェムが光の地平に逃げられると？　背後に時空エンジニアのどんな陰謀があると思う？」

その最後の言葉をドラフトは熟考した。高さ四メートルの肉体がすこし引きのばされ、あぶなっかしく揺れる。

「いささか遠まわしないい方をしているように感じるが、重要な論点ではあるだろう。テクノトールたちを呼び集めて議論すべきだ。ラルグとナルドはただちに計画を中断し、話を聞かなくてはならない！」

ヴァウンは満足の言葉を発した。ドラフトを無気力状態から解放できたのだ。それはサイバーランドに侵攻したグレイ生物の部隊を撃退するよりも価値のあることだった。

「だが、ほんとうに時空エンジニアの陰謀なのだろうか？」ヴァウンは先をつづけた。「どう考えればいいのかわからない。背後に非論理的なものがある。急いで答えを探さなくては！」

「なにか間違いがあると思うのか？」

ヴァウンは間違いがあると思っていた。ラルグとナルドは深淵の独居者がいったことを誤解したにちがいない。それ以外に説明がつかないから。だが、自分の考えから導かれる結果にはつらいものがある。実際に情報が間違っているか、時空エンジニアの陰謀であるか、どちらかだからだ。後者の場合、時空エンジニアは過去の偉業すべてに泥を塗ることになる。

「間違いなのかそうでないのかはっきりさせることは、深淵の騎士を捕らえるよりも重要だ。ついてこい。ナルドを探そう。近くにいるはず！」

かんたんに見破れる計画を時空エンジニアが漏洩《ろうえい》するというのは、ヴァウンにとって説明のつかないことだった。ジャシェムを光の地平にもどすつもりだというが、ニー領に妨げられるので、それはありえない。創造の山の近くのほかの道を、深淵の技術者は知らなかった。いまも昔もそんなものは存在しないし、時空エンジニアが道をあらたにつくるのも不可能だ。だったらどうする？

利用可能なサイバネティクスがいないので、両ジャシェムは歩行器官をつくりだしてスタートした。波打つ街路の上をふらつきながら進んでいく。テクノトリウム周縁部はたっぷり二十体長ぶん下方に位置する。滑り台が設置されているが、あまりに急勾配なので使う気になれない。あらためてサイバーモジュールを呼んでみたが、やはり一体もあらわれなかった。ほかに方法もないので、しかたなく危険な滑り台を使うことにする。

見ると、一団のテクノトールの姿があった。身振りから察するに、はげしく議論しているようだ。ヴァウンは早くも自分の論拠があやうくなっていると思った。決然と街路のはしから身を乗りだし、滑りだす。重力の要請に応じて体形を平たく変化させ、後部を傘のようにひろげた。奇妙な外観で、こんな場合でなければ恥じ入っていただろう。上からドラフトの恐怖の声が聞こえたが、もう気にもならない。自分もすでに急勾配にさしかかり、からだがどんどん加速して、硬化した建物とサイバーランドのあいだに突っこんでいくのを、不安な気分で見つめていたから。

「助けてくれ、ぶつかる！」ヴァウンは叫んだが、ジャシェムたちには聞こえないだろう。風に乗ってきれぎれの声のかけらがとどいても、せいぜい興奮していることがわかるだけでしかない。

街路まであと五体長というところで、滑り台にいきなり瘤《こぶ》が生じた。ヴァウンは盛りあがった瘤にぶつかり、横に弾《はじ》き飛ばされて、からだが宙に浮いた。同時に背中をはげしく一撃され、意識を失いそうになる。弾丸のように空中を飛んで、サイバネティク草地のはずれに着地。草は硬化していて、しなやかさはない。茎がからだに刺さり、かれはうめきながら地面を転がった。そのとき背中に衝撃を受け、ドラフトも下に着いたのがわかる。自分よりも幸運だったようで、すでに起きあがり、駆けよってきた。温かい偽足がさしのべられ、ヴァウンは助け起こされた。

「けがをしたのか？」ドラフトが心配そうにたずねる。ヴァウンは身振りで否定した。

「だいじょうぶだ。見えるか？　ちゃんと立てている！」

たがいに助け合いながら進んでいき、ドラフトが議論しているジャシェムたちにヴァウンの注意を向けさせる。そこにまちがいなくナルドがいるのに気づいて、ヴァウンは活気づいた。ドラフトの支えを振りほどき、一団のほうに急ぐ。

「放射能工場のテクノトール！」かれは大声で呼びかけた。「いくつか訊きたいことがある。いや、ひとつだけだな。聞いてもらいたい！」

一団に近づくと、きれぎれに聞こえてきた言葉から、かれの関心事が話題になっているわけではないことがわかった。ヴァウンは急いで考えを述べる。ナルドは見るからに不機嫌そうに聞いていた。

「きみはどうかしている、アルテナグ・ヴァウン」ナルドがいった。深淵の騎士に対する作戦のスポークスマン二名のうち、片方だ。「グレイ作用の影響を受けて思考が曇り、真実が見えなくなっているのだ！」

ヴァウンはたじろいだ。向けられる非難に対して自己防衛しながら、言葉を発したことを後悔する。自由であることを重んじるかれは、全ジャシェムが空洞球に集まって以来、テクノトリウムから出ないようにしてきたのだ。

「〝かれ〟はグレイ作用に侵されてはいない」何度かそうくりかえすと、ジャシェムたちもようやく納得した。「とはいえ、この意見は一考に値《あた》いすると思う！」

「もちろんだとも、ヴァウン」と、ナルド。その口調にはからかうような、皮肉な響きがあった。「当時すでに時空エンジニアがどんなことをしていたか、忘れてしまったのか？　それとも、知らなかったのか？　〝かれ〟は知っている。きみの意見を説明するのはかんたんだ。時空エンジニアは両にらみでゲームをしている。深淵の騎士を送りこんで〝壁〟を通過可能にし、グレイ作用を浸透させた。われわれをここから脱出させると同時に、グレイ作用の手中に落とすつもりだ。サイバーランドにとどまっても、光の地平にもどるためニー領に突入を試みても、われわれはグレイになる。その卑劣さが理解できるか、ヴァウン？　われわれが憤慨しているのはそのせいだ。種族の名誉は、サイバーモジュールでできているわけでさえない泥にまみれてしまう。ジャシェム種族にとって、これ以上の侮辱はない！」

　ヴァウンは目から鱗《うろこ》が落ちた思いだった。どうして疑ったりしたのだろうか。深淵の独居者の決断が間違っているといいたいわけではなく、独居者と話をしたジャシェム二名の誤解と考えたのだったが、まったくばかげていた。

「気分を害したなら、申しわけなかった。そんなつもりはなかったのだ！」

　ナルドは答えるかわりに、地平をさししめした。暗い影が徐々に迫ってきている。それがめざしているのは、明らかにテクノトリウムだ。

　ジャシェムたちは歓喜の声をあげた。思っていたより進行が速い。フルジェノス・ラルグがうまくやったようだ。

　サイバネティクスの部隊が、深淵の騎士を連れて帰還したということ。

　その報は光のようにすばやく拡散し、たちまち全ジャシェムに知れわたった。

　テクノトールたちが硬直命令を撤回すると、凍りついていた建物はばりばりと音をたてた。期待に満ちた緊張のなかでじっと動かなかったサイバーランドの中枢部は活気をとりもどし、さまざまな色が勝利に酔いしれてあたりにあふれる。無数のサイバーモジュールがふたたび動きだし、都市をサイバーランドの活動的な司令本部へと変貌させた。泡やドームがどこからともなく出現し、それがたいらな鉢状に変化する。塔や立方体がアーチ形構造物や卵形の邸宅になる。橋や半透明のシャフトが戦闘でもしているかのように入り乱れ、立方体が集まってピラミッドになり、それらが融合して空に向かって非対称形にそびえる。個々のモジュールが干渉することはいっさいない。フォーム・エネルギーの流れがいくつか、それまでなにもなかった空間に入りこみ、さらに市街に流入する道を探しつづける。原形をとどめているものはどこにもない。

安定したかたちをたもっているのは司令本部の建物三棟だけ。転送機ドーム、ヴァイタル・エネルギー貯蔵庫、コミュニケーション・センターだ。この三つが三角形をつくっている。

「深淵の騎士は空洞球の下のさいころに連れていく」ナルドが暗い声で宣言した。全身から怒りを放射し、くわえて陰鬱な雰囲気もすさまじく、ヴァウンは身震いした。「時空エンジニアのゲームはまもなく終わる！」

＊

フルジェノス・ラルグは勝ち誇った。かれは昔から、ジャシェムのなかで決断力があると評価されている。グレイ作用に抵抗することを最初に言明したのもかれだった。この温度工場のテクノトールは、自分とナルドに深淵の独居者が語った言葉の意味を理解したとき、最初は麻痺したようになったもの。だが、それを早々にしりぞけ、ジャシェムとそのサイバネティクス群をひきいる決意をかためたのだった。

攻撃は成果をあげた。深淵の騎士およびそのオービターと、駆除部隊を捕獲できたのだ。

ラルグは目のひとつを後方に向け、飛行サイバネティクスの列を見やった。捕虜の長い列も見える。先頭にいるのはアトラン、テングリ・レトス＝テラクドシャン、ドモ・ソクラト、それに二名の裏切り者ジャシェムだ。カグラマス・ヴロトに銀髪の男がなにか話しているが、内容は聞きとれなかった。たいしたことではないだろう。捕虜が脱走するのは不可能だ。サイバネティクスが監視しているから。

テクノトールは考えこんだ。騎士たちは捕らえられるとき、驚いたことに、抵抗しようとしなかった。あっさりと制圧されたのだ。

「グルブランヴ・フルト」ラルグはいっしょに浮遊バスに乗っていた一ジャシェムに声をかけた。「なぜ時空エンジニアは、邪悪な深淵の騎士にもっと強大な力をあたえなかったのだろうか。かれらはほとんど無抵抗だった！」

相手はすこし考え、こう答えた。

「なんでもそうだが、そのことにもかくされた意図があるはず。なんなのかはわからないが。深淵の騎士の動きは陽動作戦だったのかもしれない！」

その場合、ただちに独居者の指示にしたがい、騎士とオービターを殺すべきだろう。そうしない理由はひとつだけだ。まだ全員を捕まえていない。一騎士と一オービターが脱出したのだ。ラルグはただちにサイバネティクスを全領域に送りだして行方を探させた。処刑はかれらを発見し、確保してからだ。ラルグはそう決断していたし、ナルドも反対はしないだろう。

ラルグは小型サイバーモジュールから一プラットフォームを呼びだし、乗りこんだ。思考命令で行き先の輸送機を指定する。そこには裏切ったジャシェム二名が拘束されていた。プラットフォームを輸送機のはしによせ、カグラマス・ヴロトとフォルデルグリン・カルトを正面から見つめる。

「やってくれたな」と、怒りをふくんでいう。「ヴロト、きみは深淵の騎士をわれらの帝国に連れてきただけではたりず、いまやカルトも仲間に引き入れたのか。きみたちは種族を裏切った。時空エンジニアに協力したほかの者たちと同じ罰を受けることになる！」

ヴロトとカルトはこの非難を受け、淡いブルーに変色した。サイバネティク拘束具を引っ張ったが、よけいに拘束が強まり、動ける範囲がちいさくなっただけだ。

「なにもかも間違っている」ヴロトがいった。「真の脅威はグレイの領主だ。サイバーランドに勢力を拡大しようとしている。それをとめられる者は深淵の騎士しかいない。かれらを支援するのは全ジャシェムの義務だ」

「かれらは時空エンジニアの操り人形にすぎない！」ラルグは嘲笑した。「〝かれ〟は深淵の騎士も、時空エンジニアも憎んでいる。生命循環からとりのぞくべき要素だ！」

「騎士たちは時空エンジニアに会ったことも、話したこともないんだぞ！」カルトが憤然と指摘した。「かれらはジャシェムの同盟者だ。どうしてわからない、ラルグ？」

「かれらはきみたちの同盟者だというだけのこと。それ以上ではない」ラルグは歯を鳴らし、会話が終了したことをしめして、プラットフォームを側方に移動させようとした。ヴロトがかれを引きもどす。

「待て！　われわれをどこに連れていくつもりだ？　こちらにはテクノトリウムで正当性を訴える権利がある。その権利を奪うことはできないぞ！」

「笑わせるな」と、ラルグ。「分別を失った裏切り者の分際で。われわれジャシェムの自尊心にかけて、空洞球に入ることなど認めない。きみたちを尋問し、判決をくだして罰をあたえるのは、どこかべつの場所でだ。それ以上は望まないことだな」

「われわれ、間違ったことはしていない」カルトが叫んだが、ラルグはすでに加速し、声がとどかないところまで移動していた。あんな屑どもの相手をするのは沽券《こけん》に関わる。

あとは同族の者たちにまかせ、判決が出るまで介入しないようにしよう。

時空エンジニアの同盟者。その疑いだけで裏切り者の烙印《らくいん》を押される。

ラルグは、この危機のごく初期にヴァウンがいった警告を思いださずにはいられなかった。当時は信じられなかったが、いまでは深淵の騎士がサイバーランドにとって深刻な脅威になっているとわかる。

ヴロトとカルトも同じだ。かれらは騎士の悪魔のささやきに屈した。温度工場のテクノトールは、深淵の騎士がどうやって両ジャシェムの脳を奴隷化したのかと想像した。よほど残忍なやり口だったにちがいない。

だが、だとするとヴロトとカルトは協力を強要されただけで、たんなる道具だったのではないか？　自分たちの裏切りに気づいていなかったのでは？

その考えを追究しようとすると、頭に暗いヴェールがかかる。ふたたび周囲のようすがはっきりしたときには、もうそんなことは忘れていた。サイバネティクスの群れの前方にテクノトリウムが見えてきた。かれを賦活《ふかつ》し、到来を歓迎するかのようだ。

ラルグは急いで群れの先頭に位置をとる。ジャシェムから解放者のように迎えられた。最初の建造物の前で停止すると、プラットフォームに内蔵された拡声装置を作動させる。

「ジャシェムたち！　きょうはわが種族にとっての偉大な日だ。憎むべき時空エンジニアの手先を捕らえた。グレイ作用が〝壁〟をこえてこの領域に侵攻する手引きをした、唾棄《だき》すべき者たちだ。すべての情報を搾《しぼ》りとったら、かれらを処刑する。それまではナルドと〝かれ〟にまかせてもらいたい。深淵の独居者の知恵がわれわれに力をあたえてくれる。われわれは全力をつくして、種族の凋落《ちょうらく》を阻止するだろう！」

大きな歓声があがる。ラルグはナルドとヴァウンとドラフトがいるテクノトール部隊の近くにプラットフォームを着陸させ、かれらの賞讃を浴びた。温度工場のテクノトールは、自分こそがこれからサイバーランドをひきいていくのだと確信した。ジャシェムはすべて、おのれの指示にしたがうことになる。

「深淵の騎士に死を！」かれは叫んだ。

「時空エンジニアの手先に死を！」ナルドの周囲の一団が叫び返した。

＊

「悪魔が手出ししたようだな」ドモ・ソクラトがわたしの耳もとでささやいた。できるだけちいさな声を出そうとしていたが、それでも耳鳴りがしそうなほどだ。わたしはティラン防護服に指示して、頭のまわりに弱音フィールドを形成させた。それでどうにかハルト人と話ができる音量になった。

「どうしてわかる？」と、平静をよそおってたずねる。ハルト人はさっと頭をめぐらせた。三つの目が絡みつくようにわたしを見つめる。中央の目はほかのふたつのように赤くなく、強い黄色にきらめいていた。ソクラトによれば、衝動洗濯のあいだに受けた深淵作用の影響らしい。

ハルト人は大音声《だいおんじょう》の笑いを響かせた。ティランごしに振動が伝わってきたほどだ。

「やめてくれ。きみの計画脳はこの事態をどう見ているんだ？」

「グレイの領主たちは思った以上に近くにいる」と、ソクラテス。「わが騎士よ、もうすぐわれわれの計画を放棄するしかないような発見があるだろう。最後には、深淵とその力がポジティヴなものだったとわかるはず！」

〈耳を貸すな〉付帯脳が割りこんできた。〈ハルト人は夢をみているのだ。実現するはずのない夢を！〉

わたしはかぶりを振った。テングリ・レトスはソクラテスの横を歩いている。もと鋼の支配者はみずから捕まることを選んだ。なぜ不可視になって逃げなかったのか、理由を話そうとはしない。レトスのうしろにはサイバネティクスの反重力プレートに乗ったクリオがいた。サイリンはわれわれの会話をじっと聞いている。ヴロトとカルトとは引きはなされてしまったので、表現できないほど美しいといってくれる者がおらず、無気力になっているようだ。

「われわれが深淵でどうなるのかは、いずれわかる」レトスがいった。「ここではポジティヴなものなど、なにひとつ見つからないが！」

いまのところ、はっきりポジティヴだとわかっているのはヴァジェンダだけだ。ただ、そこともコンタクトがとれなくなっていた。スタルセンに入るのを助けてくれたものの、いまは沈黙している。われわれはヴァジェンダをめざしてヴァイタル流に乗ったのだが、カグラマス・ヴロトに妨害された。そのときはグレイ領主の部隊が予想外にサイバーランドに迫っているように見えたため、われわれはヴロトとフォルデルグリン・カルトに介入の必要を訴えた。だが、介入できたときはもう手遅れで、われわれはジャシェムたちの部隊に捕らえられてしまう。そのとき、すでにテクノトリウムにもグレイ作用がおよんでいるように思えた。

ところが、それは勘違いだった。見わたすかぎり、サイバネティク風景はなにも変わっていない。われわれが知っているとおりの光景だった。防衛反応はあったが、それは当然の現象、いわば免疫反応のようなものだ。

では、いったいなにがあった？

ヴロトとカルトはかれらの能力に影響をおよぼす、強い精神の力について話していた。いったいどんな力なのか。

〈ほかのジャシェムたちの精神力がひとつにまとまったものとしか考えられない〉論理セクターが指摘した。

とりあえず、その説明を受け入れる。深く追究している時間はなかった。クリオが鋭い声を発し、腹に響く咆哮をはなちはじめたから。すぐに数名のジャシェムが駆けよってきてサイリンに対応する。クリオがなにかつぶやくと、ジャシェムは彼女の拘束具をはずし、どこかに連れていった。

「いまのはふつうのジャシェムだったようだ」ドモ・ソクラトがわたしの横でいった。「だが、フルジェノス・ラルグとかいうやつは、そうではない！」

サイバーランドの中心、テクノトリウムが見えてきた。わたしは思わず息をのんだ。揺らめく色彩の海が徐々に大きくなっていく。あれにくらべたら、空の虹も貧弱なものに思えた。都市全体がサイバーモジュールの塊りなのだろう。そう考えないと説明がつかない。すべてが動いていて、とまっているものはひとつもない。部外者がこの迷路を通過するのは不可能だ。

サイバネティクスはこの〝都市〟のはずれにわれわれを降ろした。拘束具が勝手にはずれ、飛び去る。駆除者たちは拘束されたままだ。戦闘に生きる深淵警察はほとんど身動きもせず、あきらめて、鬱屈している。忠誠を誓ったわれわれを助けられないことで胸を痛めているのだ。

「もう一名いたな」ソクラテスが精いっぱい声をひそめていう。「かれも影響を受けていた！」

「影響を受けるとしたら、グレイ作用のはず」わたしはそう応じた。「どうしてそれがヴロトとカルトにわからなかったんだ？」

その問いはジャシェムたちの大きな歓声にかき消された。周囲でサイバネティクスがふたたび動きだし、フルジェノス・ラルグともう一名のテクノトールが立っているほうにわれわれを押しやる。コルヴェンブラク・ナルドといい、放射能工場の長だ。

「きみたちの卑劣な任務もこれで終わりだ」ナルドがいった。「きみたちには死こそがふさわしい。時空エンジニアに協力した深淵の騎士よ！」

「ドモ、どうなっているんだ？」レトスが小声でたずねた。「状況がよくわからないんだが」

「グレイの影響だ」と、ハルト人。「ラルグとナルドは狂気におちいって、ほかのジャシェムたちをあおっている。どちらもグレイ生物になっていないのに、グレイの影響を受けている。きわめて危険だ！」

〈説明がつかない！〉考えこんでいるわたしに付帯脳がいった。

「きみもそうなのか？」オービターにそうたずねると、ハルト人は作業アームで否定の身振りをした。

「わたしは深淵を吸いこみ、その一部となった。だが、あの両ジャシェムは深淵の一部ではない。深淵の地のあらゆる種族と同じく、別領域からやってきた生命体だ。深淵定数の上に行っていないから、グレイ作用とのあいだに自然な関係を持てず、邪悪で予測不能な存在となる。なぜグレイ生物にならないのかはわからない」

　かれは周囲をとりかこむサイバネティクスに突進しようとした。だが、すぐにそれではどうにもならないと悟ったようで、アームをおろし、雷鳴のような咆哮をはなった。近くにいたジャシェムたちがたちまち逃げだす。

　われわれは家サイズの巨大な複数のサイバネティクスに包囲された。バスタブに似た構造物のほうに押しやられ、なかに入る。防御バリアが構築され、バスタブが宙に浮いて、われわれを乗せたまま都市に入っていく。背後にはジャシェム二名を乗せた同じような乗り物が見えた。そのうしろに駆除部隊の最初のグループがつづいている。

　テクノトリウムを目《ま》のあたりにすると、ジャシェムの能力は明らかだった。乗り物はほかの建物もその変容も気にすることなく、まっすぐ中心部に向かっている。堅固な壁や変容する屋根が飛ぶように通りすぎた。ぴったりのタイミングで構造亀裂や開口部が生じるのだ。いくつか通廊やトンネルを通過すると、正面に真の中枢が見えてきた。三つある建造物が目的地にちがいない。ヴァイタル・エネルギー貯蔵庫と転送機ドームは、その形状からひと目でわかった。第三の建造物は、基部がさいころでその上に球体がのっている。あれがジャシェムの司令本部なのだろう。

　われわれはさいころのなかに押しこまれた。レトスとソクラトとわたしは隔離室のようなところに入れられ、すぐにクリオもそこにくわわった。サイリンはふさぎこんでいた。

「役にたちたかったのに、なにもできなかった」と、悲しげにいう。「ジャシェムはわれわれ玩具職人への敬意を失ってしまったようね」

「悪いのはラルグとナルドだ」と、ハルト人。「あとのジャシェムは煽動《せんどう》されているにすぎない！」

わたしはクリオに近づき、慎重にその上半身をなでた。

「希望が完全になくなったわけではない」そういって笑みを浮かべる。「ジェンとつむじ風はまだ自由だ。ジェンが生きているのはまちがいない。ティラン着用者が死んだら、わたしのほうもすぐにそれを感知するから。いまは待とう。そのうちに魅力的なクリオが武器や必要な道具を供給する存在をつくりだして、われわれをよろこばせてくれるだろう！」

「深淵の耳が聞いているぞ！」と、ソクラテス。

「もちろんだ」わたしは皮肉をこめていいかえした。「深淵なぞ、うまく処理してやるさ。必要なら、時空エンジニア抜きでも！」

そう思うと胃が重苦しくなった。時空エンジニアは多くの過ちをおかしたが、それでもかれらがコスモクラートの任務をはたせない、まったくの役たたずだとは信じたくなかったから。そんなことはないはずだし、あってはならない。

2

実体化の瞬間、ふたりきりの状態は消え去った。かれらはサイバーランドの表面、ヴァイタル・エネルギー貯蔵庫の前に立っていた。貯蔵庫がすべて地表にあるのがジャシェム帝国の特異性のひとつだ。この地に洞窟というものは存在しない。ジャシェムははるか昔に、深淵の地のほかの領域を想起させるものを一掃していた。

「ホルトの聖櫃《せいひつ》は行ってしまったようだ」ジェン・サリクはアバカーから手をはなした。

「プシ・シュプールはまだわかるか？」

「うん、ジェン」ボンシンが答える。「とてもはっきりしてる。あっちだよ！」

若いアバカーは二本の腕でエネルギー貯蔵庫をさししめした。サリクが顔をしかめる。

「またか。しかたないな。貯蔵庫、開け！」

「開く気はない」貯蔵庫がジャシェム帝国ではおなじみの傲慢な口調で応じた。「わたしは公共交通機関ではない！」

サリクは目を閉じ、集中した。

〈聖櫃！　聞こえるか？　このたわごとはなんだ？〉

ボンシンの呼び声でわれに返った。貯蔵庫が閃光を発している。金色の光の矢が卵形構造物からはなたれて、その表面のすぐ近くに消えていく。短く振動がはしった。

「開こう」ふたたび貯蔵庫がいった。「受け入れるしかない。光の地平の偵察員がわたしを納得させた。ただ、全面的に抗議はしておく。ジャシェムが時空エンジニアと関わる理由などないのだから！」

サリクの膝あたりで貯蔵庫に開口部が生じた。その奥に金色の揺らぎが見える。深淵の騎士は開口部に向かった。

「ということは、きみはジャシェムなのか？」

貯蔵庫はもう答えない。ボンシンがサリクをなかに引っ張りこむと、ふたつの肉体は分解し、旅する意識となって、ヴァイタル・エネルギー流に乗った。

〈シュプールはまだわかる〉つむじ風の思考がときどき、サリクはそこにひと筋の希望を見いだした。サイバネティクスに制圧された仲間のことを考える。ジャシェムはかれらをどうするつもりなのか？　どういう動機であんな行動に出たのか？　グレイ作用がテクノトールを支配下においたとしか考えられない。

ジェン・サリクは時間感覚を失っていた。ヴァイタル・エネルギー流のなかをどれくらい長く旅してきたのか、見当がつかない。ただ周囲の温かさを感じるだけで、意識がすこし多幸症ぎみになる。だがそのとき、旅が終わったことをはっきりとしめす、べつの思考が割りこんできた。

〈ここが終点だ〉ホルトの聖櫃が精神の声でいった。

〈きみが友好的な存在なら、いいかげんにこの行動の意味を教えてくれ！〉サリクが思念を返す。

〈しごくかんたんな話だ。この脱出路を教えたのは、そのほうがあなたたちの友をうまく救出できるから。かれらはジャシェムの管理下にある〉

〈向こうはなにをもとめているんだ？〉

〈ジャシェムではなく、かれらの指導者がもとめている。とはいえ、すべては順番にやらないと。ヴァイタル・エネルギー貯蔵庫の協力はなんとかとりつけた。場所はテクノトリウム中枢部、敵の領域のまっただなかだ！〉

サリクは考えこんだ。いくつかわかったことがある。

〈きみは光の地平の偵察員で、時空エンジニアのために働いているんだったな。どうしてかれらは介入しない？　われわれ深淵の騎士がここにいることを、かれらは知っているのか？〉

〈一度にいろいろ訊くな〉ホルトの聖櫃の意識がいった。〈いまからわたしの話を聞けば、すべて理解できるだろう！〉

〈話してよ！〉つむじ風の思考が割りこんできた。〈話を聞くのは好きだ。ただ、時間をかけないでね。ぼくら、急いでるんだから！〉

〈意識にとって、時間がなんだ？〉聖櫃はそう応じ、話しはじめた。〈わたしが時空エンジニアの命を受けて送りだされたのは、遠い昔のこと。光の地平をはなれ、スタルセンにおもむいて、深淵穴が通過可能になったかどうか調査することになった。ファレン＝ディン領から転送機でスタルセン内部に移動するはずだったが、まにあわず、転送機に投げもどされてしまったため、自力で都市近郊まで向かった。スタルセンはグレイ生物に包囲され、そこを通過するのは不可能だったから。深淵の地と同じく、スタルセンも孤立していたのだ。それにはいろいろなことが関与していたが、どのようにして不運がつづいたかわかったのは、ずっとあとになってからだった〉

〈時空エンジニアもその状況は知っていただろう！〉

〈わからない、深淵の騎士。じつは、わたしはもうひとつ命令を受けていた。グレイの領主たちを監視し、かれらがどうやってグレイ生物を拡散させるか見てくるように、と。わたしはシャツェンを拠点にし、そこから偵察に出て、まずフルレミン領に行った。そこでは領主マンデルがイグヴィ種族を奴隷化していたが、阻止することはできなかった。そうして、グレイ作用に対しては、わたしでも長くはもたないから、逃げるしかなかったのだ。こうして、ほかの深淵の地を観察しつづけた。

そのうち、徐々に事情がわかってきた。すべては光の地平をとりかこむことを目的としている。深淵の地全体をグレイ化し、時空エンジニアを孤立させるために。その状況で、わたしはミスをおかした。ただちに時空エンジニアのところにもどるべきだったのに、完璧を期して調査をつづけたのだ。ドームズ領では領主ガヴォーがマルシェン＝プリント領への奇襲を計画していた。居住種族プリンターには抵抗のすべがない。もううんざりだと思ったわたしは、ようやく光の地平に帰還する準備をはじめた。

まず、ルシオンに向かった。ヴァジェンダの近くにある、とくに問題のなかった地域だ。そこで出会った光生物は、わたしの警告を聞いて精神的危機を迎えた。わたしはかれらが回復するまでそこにとどまったのち、ルシオンからシャッツェンにもどり、保管係に注意をうながした。だが、かれらは聞く耳を持たなかった。工芸品のことしか頭にないのだ。結局はそこを去り、故郷に向かうことにした。その途上で、かつて深淵の地のあらゆる事象を可能なかぎり光の地平に中継していたシグナル領域のひとつ、マンガランに到着する。マンガランは沈黙していた。一部がのこっているだけで、あとはすべてグレイに変化していたのだ。

そのあと石の番人に出会い、光の地平をかこむニー領の話を聞いた。ニー領はほぼすべてのシグナル領域を包含しており、通過することはできないという。孤立はつづき、時空エンジニアはもう深淵の地とコンタクトできない。すでに変更されていたかれらの

再建計画も、もはや遂行不可能だ〉

サリクは聖櫃に報告の一時停止をもとめ、考えた。ジャシェムは……とりわけカグラマス・ヴロトは……時空エンジニアのミスについてどんな報告を受けていたのか。トリイクル9の再建全体が阻害されている。なぜか、すべての背後にもっと大きな意味がかくされているという感覚を拭《ぬぐ》い去ることができなかった。時空エンジニアは深淵の地を隔離し、その後、自分たちのほうも隔離されてしまったということ。

〈つづけてくれ！〉と、テラナー。

〈石の番人は罰を受けて石にされたグレイの領主だった。わたしはその最期を見とどけ、シャツェンにもどった。そこで箱の姿になって台座にいたとき、保管係の地に最後にやってきた者たちが、わたしを工芸品と勘違いしたわけだ。以来、なんの変化もない。グレイ生物は広まりつづけている。わたしの唯一の希望は、かつて時空エンジニアが告知した予言だった。コスモクラートは深淵のことを忘れておらず、いつか特殊訓練を受けた者を送りこんでくる。それが深淵の騎士で、かれらは時空エンジニアを援助してグレイの領主と戦うだろう、と。わたしの話は以上だ、騎士サリク！〉

〈なるほど、偵察員だな〉サリクがいった。〈きわめて重要な質問がある。テングリ・レトス＝テラクドシャンが時空エンジニアから呼ばれて深淵にきたことを、きみは知っているのか？〉

　これは意図的な質問だった。ホルトの聖櫃がみずからを開いた相手こそ、ほかならぬレトスなのだ。レトスは深淵での計画について、もっとも重要な細部を知っている。それについて聖櫃と話した可能性があった。

〈いや。だが、それでわかった〉偵察員の意識が答えた。

〈どういう意味だ？〉

〈深淵が完全に隔離されたのではなかったことが。あるいは、もはや完全ではないということが。希望が見えてきた！〉

〈どんなふうに？　光の地平について、もっと教えてもらいたい！〉

〈待て！　もっと重要な話がある。あなたとテレポーターをエネルギー貯蔵庫に連れてきたのは、あらたな危機が生じたからだ。任務に失敗したグレイの領主が石にされたことは話したが、いまではその罰がさらに苛酷になっている。失敗した領主は深淵に吸収されてしまい、その結果、物理的な肉体を失って意識だけの存在になる。ほんとうの敵はかれらだ。深淵の地の技術的中心〝ニュートルム〟はすでにグレイ作用に支配された。ジャシェムたちはニュートルムで起きていることを予想だにしていない。深淵に吸収され、精神のみが深淵定数の上に存在しているもとグレイ領主たちは、やはり深淵定数の上にあるニュートルムに魔法のように引きよせられ、技術センターに入りこむことに成功したのだ。かれらが深淵の独居者を操っている。あなたたちはなんとしても、ジャシ

ェムが深淵の騎士に敵対するのをとめなくてはならん！〉

〈ひどい話だ〉サリクは憤然となった。

〈ニュートルムに行って、そいつらを追いだそう！〉と、つむじ風。

〈それではだれも救えない、若いアバカーよ〉聖櫃がいった。〈意識を集中するのだ。現状を見せよう。どう行動すればいいか、よくわかるはず！〉

偵察員の意識がいきなり消えた。サリクは感知領域のまわりに黄金色の光の繭《まゆ》が形成されたのを感じた。それがますます濃密になっていく。かれは身動きしなかった。ホルトの聖櫃の意図を信用していたから。かれの意識はヴァイタル・エネルギー貯蔵庫内の脱出不可能な独房に囚《とら》われた。繭が光を反射し、透明になる。

突然、深淵の騎士は自分がひとりではないことに気づいた。くぐもった思考の声が聞こえる。それはフルジェノス・ラルグとコルヴェンブラク・ナルドという名のジャシェム二名の意識だった。どちらもジャシェムのなかで指導的立場にあり、騎士とその仲間に対する奇襲を画策している。サリクはかれらの思考を追ったが、思考はどんよりと曇っていた。その原因はすぐにわかった。どちらもふたつの意識を宿しているのだ。第二の意識のほうが両ジャシェムを利用していた。かれらに影響をあたえ、奴隷化して、自身のものではない考えを気づかれないように押しつけている。両ジャシェムの知識と思考のあいだから、聖櫃の精神の声が響いた。

〈寄生体だ。ジャシェムは邪悪な意識の宿主にされている！〉

深淵の騎士はまたべつのことに気づき、ショックでなにも考えられなくなった。ふたつの〝グレイ意識〟はゲリオクラートの最長老と助修士長のものだったのだ。スタルセンでの任務に失敗し、深淵に吸収されたにちがいない。

いま、寄生された両ジャシェムはアトランとレトスを牢獄から連れてくるよう命令していた。捕虜を連れて深淵定数の上にのぼり、深淵の独居者のところに行こうとしているのがわかる。

〈だめだ！〉サリクが思念で叫んだ。かれの意識をつつみこんでいた繭が消え、寄生されたジャシェムたちとの接続が切れる。あれは現実だったということ。あれこれ考えている時間はない。

〈ここを去らなくてはならない。できるだけ早く。道を教えてくれ、聖櫃！〉

〈賢明とはいえない、騎士サリク。二正面で戦っていることを忘れるな。捕虜はほかにもいる。駆除部隊も！〉

〈だったら、ふた手に分かれなくては！〉

〈あなたのいるべき場所はレトスとアトランのところだ。本来の決定は深淵定数の下でなされるはず。ただ、そのあいだ、ほかの勢力が傍観しているとは思えないが〉

〈わかった。転送機ドームにはどう行けばいい？〉

〈わたしが連れていく。だが、そのためにはヴァイタル・エネルギー貯蔵庫から出なくてはならない！〉

それまで沈黙していた貯蔵庫がいった。

〈きみたちをほうりだせるのはうれしい。早くしてくれ〉

〈あんたは解放されないぞ〉と、聖櫃。〈つむじ風をここにのこしていくし、わたしもすぐにもどる！〉

開口部が出現。サリクは意識を移動させた。開口部に向かって滑るように前進すると、ふたたび肉体が感じられ、ゆっくりと実体感が増していく。貯蔵庫を出るときには、入る前となんの違いもなくなっていた。ティランの機能を確認していると、すぐ横にホルトの聖櫃が実体化した。

「ひとつ問題がある」メンタル音声がいった。「グレイ生物はすぐにわたしのオーラに気づくだろう。そのため、あなたをドームの入口に運んだら、わたしはただちに姿を消す。ジャシェムの機先を制するのだぞ！」

「だいじょうぶだ」サリクはあらゆる色に輝く、都市に似た構造物に目を凝《こ》らした。色はつねに変化しつづけている。支柱は三本だけだ。

「では、わたしをつかんでくれ」と、聖櫃。

サリクは慎重に黒い箱に触れ、わきの下にかかえた。偵察員は深淵の騎士とともに消え、転送機ドームの五十あるゲートのひとつの前で再実体化した。そのあとすぐさまヴァイタル・エネルギー貯蔵庫にもどる。

〈早かったね〉アバカーの意識の声が偵察員にとどいた。〈ほとんど時間がなかった〉

〈なんの時間だ?〉

〈考える時間だよ。ぼく、ソクラトとクリオとヴロトとカルトと駆除部隊を解放する計画を考えてたんだ!〉

第三の時の黄昏

「嘘だといってくれ」グナラダー・ブレクは懇願した。「わたしの勘違いだと。すべては壮大な悪夢なんだろう？」

ドームの下のちびは答えない。バッテリー部品をいくつか手にとり、意味もなくあちこちに投げているだけだ。部品はドームの透明な壁にぶつかり、鈍い衝突音をたてた。その音はジャシェムの神経にさわり、かれは感覚器官をすこし引っこめ、聴覚センサーを皮膚片でおおった。なにより恐ろしいのは、ちびがたてる騒音のせいで、あるいはあらたな物質化が起きるたびに聞こえるうなり音のせいで、敏感な桿《かん》状薄膜がやがて感覚を失ってしまうことだ。

「どうしてなにも語らない？　死んでいるのか？」と、かすれ声で問いかける。

「グレイ生物は語り、ヴァイタル・エネルギーは沈黙する」ミニチュア版ジャシェムがちいさなドームの拡声装置ごしに、神託めいたことをいった。「あるいはその逆か？　深淵定数の上にある、ほかの者は存在できない理解不能な空間の支配者なら、だれよりもよくわかっているだろう？　しかも、あんたはこの世に存在するなかで最大の犠牲をはらったではないか？」

その言葉はブレクに種族の偉業を思い起こさせ、かれは誇らしい気分に満たされた。同時に、おのれがジャシェムの名において背負った責任の重さも痛感する。まともではなくなってしまった地……時空エンジニアがなんのシュプールものこさず消え去り、無意味で混乱した種族放浪がつづき、まだ機能するのは生産・維持に必要な設備のみという深淵の地……において、そんな責任を引き受けたのは傲慢とさえいえるだろう。

だが、そうするしかなかった。サイバーランドのジャシェムは自分たちを、当然ながら深淵で本来の任務を百パーセントの信頼性ではたしている唯一の種族だと認識している。各工場にテクノトールがおらず、ブレクがこうして深淵定数の上にいなければ、深淵の地は存続できない。そうなればコスモクラートが深淵穴を通じて送りこんだ数千の種族も、たちまち存在を維持できなくなるだろう。深淵の地の崩壊は知性体数十億名の死を意味するのだ。

「数十億名！」ジャシェムはつぶやいて、すばやく形成した視覚環をドームに向ける。視覚環は対象をホログラム的に見ることができた。ちびを見つめていう。「そのとおりだ。わたしがいちばんよくわかっている！」

思考が容赦なく明確に眼前に展開する。自分の努力がなければなにごとも進まないのだ、と。かれは保証者であり、この次元空間と施設を確実に機能させつづけなくてはならない。

「そうだ」と、なおも自分自身に語りかける。「もうこれ以上、狂った時空エンジニアたちと関わりを持つ気はない。われわれ、ずっとかれらのかわりをつとめているのに、光の地平にもどることは阻止されている。そこでこそ本来の、ほんとうの作業がつづけられるのに」

その作業とは、トリイクル9の再建だ。修復するべきプシオン・フィールドの基部は創造の山にある。時空エンジニアのミスを回復するには数十万年かかるだろう。

コスモクラートが孤立した深淵の地に目を向けるまで、あとどのくらいかかるだろう? 孤立を解消する方法がなにかあるだろうか?

次元空間のことを考える。楕円体の出口からはそのわずかな一部が見えるだけだ。

〝次元供給機〟に近づくたびに頭のなかに流れこんでくる、プシオン性映像のことを考える。供給機は休むことなくせっせと情報を提供しつづけ、勤勉性において右に出るものがない。時として、ある映像と次の映像で矛盾が生じていたりする。その矛盾を解消し、正しく理解できるのは、かれ、グナラダー・ブレクだけだ。

怒りがこみあげてきた。サイバーランドに暮らすかれの同族は、これ以上悪くなりようのない状況におかれている。いずれは深淵の技術者の知性にふさわしい任務など、なにもなくなってしまうだろう。ジャシェムは退化し、深淵定数の上を支配する条件に耐えられる者はいなくなってしまう。

〈それは誤った推論だ！〉かれの意識が目眩《めまい》を感じる。見えない力がカーテンを引いたように、記憶が閉ざされた。突然、虚無がかれをとりまいたが、次の瞬間にはふたたび記憶がもどってくる。

ほんとうに推論を誤ったのか？　そうは思えない。次元供給機が似たようなことをすでに明らかにしていた以上、誤りではないはず。

ぎごちなく動きだし、ドームのほうに滑っていく。からだがドームの前までくると視覚環を引っこめ、ふたつの視覚球で下の構造物を見た。ちびは作業をやめていて、音も聞こえない。ミニチュア・ジャシェムはへこみのある金属シートの部品をわきに押しやっていた。

「時空エンジニアは頭がおかしい」ちびのくぐもったがらがら声が聞こえた。「たしかにそのとおりかもしれない。だが、まともな時空エンジニアもいるのを知っているか？混沌とした深淵の地で、唯一可能な正しい行動をとる者たちのことを？」

ブレクには想像がつかなかった。光の地平にいる者たちへの反感はあまりにも根深く、凝りかたまっていたから。

「グレイ生物に食われてしまえ」悪態が口をついた。ちびは動きだすと、ドームを出て、その前に立つ。目をあげ、自分にくらべれば巨人のようなブレクを見つめて、予言のようにいった。

「いずれはそうなるだろう。そのとき、もう手遅れでなければいいがな！」

「グレイ作用は深淵の地に没落をもたらす。だれでも知っていることだ」と、ブレク。

「願わくは、それが光の地平におよばないように！」

「グレイ作用を放置しているのは時空エンジニアだ。なぜヴァジェンダは沈黙している？　あんたが時間をかければ、シャツェンで答えを見つけられるかもしれないぞ、グナラダー・ブレク！」

シャツェン！　深淵の保管係が住む地。シャツェンにはホルトの聖櫃が存在することを、かれは知っていた。時空エンジニアの偵察員だ。

「答えなら知っているさ、ちび。だが、グレイ作用と共存する道はない。ジャシェムの進む道があるだけだ！」

からだを旋回させ、ミニチュアが出口に向かって動きだしたのを眺める。その姿が見えなくなると、かれもつづいて楕円体の外に出た。輝く壁を通過し、それがちいさく震えていることに気づく。触ってみると、いつもより冷たいような気がした。

「心配ない」と、ひとりごちる。「自分の戦いを戦うだけだ。きっと勝利する！」

「ノー！」声が聞こえた。楕円体がはげしく振動し、ブレクはバランスを崩して施設のなかに突っこんだ。ミニ・スタルセンの壁がすぐそばに立ちはだかっている。

「いまのはだれの声だ？」と、信じられない思いでたずねる。「ちび、どこにいる？」ちびの返事はない。その姿はどこにも見あたらず、ブレクは六個の伸縮眼を通廊のほうに向けた。

「わたしの声だ」と、楕円体。「わたしが眠っているときみがいったのは正しい認識だった。だが、いまは目ざめている。意見をひかえるつもりはない！」

「おまえもか」ジャシェムが意気消沈していう。「どうして運命はこうもわたしに苛酷なんだ？　悪いことなどしていないのに。文句をいう者はちびだけで充分なんだが」

自分の存在と楕円体はリンクしているというちびの言葉を思いだす。あらためてその姿を探したが、やはりどこにもいなかった。たぶんサイバネティク製エネルギー流路のどこかにかくれているのだろう。この流路は床に等間隔で配置され、サイバーモジュールに変換・整流されたフォーム・エネルギーを供給している。

「きみは戦いに敗《やぶ》れるだろう」楕円体がいった。ただ、そのどこかに声が出てくるような開口部は見あたらない。

「ばかな」ブレクは歯噛みするようにいい、背を向けて逃げだそうとした。また恐ろしくなったのだ。第二の時の黄昏の出来ごとは、おぼろげにおぼえている。その再現が恐い。三回めの物質化を防ぐことはできなかった。先のことは考えたくない。同じようなことの四回めなどと。いつかはサイバーランドのジャシェムたちに連絡をとり、かれの問題を話して、解決するのに手を貸してくれるようたのむしかないだろう。必要とあれば……

だめだ。かれは誘惑に抵抗した。ここ深淵定数の上で独居者の地位にあるジャシェムが、赤く結晶化した死以外で職務を解かれたことなど一度もない。ブレクの視線はほとんど反射的に、転送機が動いている施設のあいだの輝く領域に向いていた。そこに、石化して動かなくなった次元空間の番人たちがいる。暗赤色に輝き、わずかな生命の火花さえない。かれの前任者たちだ。まれに転送機のもとを訪ねると、かれは畏怖の震えに襲われた。

そのことは考えられない。まだ長い寿命がのこっているのだ。

スタルセンの透明な壁を見つめる。ミニ都市は生きていて、動きまわる住民の姿が見えた。かれは先を急ぎ、エネルギー流路をいくつか跳びこえ、都市の横を通りすぎた。前方に輝く丘が見えてくる。周囲にはなにもなく、ただ丘だけが存在しているのに、近づくまで見えてこなかった。腕を形成して丘の表面に触れることは、内なる制限が阻《はば》んだ。

これは、物質化物体が自分の下意識と関係することをしめしているのだろうか。そう思ったが、それは疑わしい。かれはとほうにくれたまま、八本肢の生物たちが丘からぶらぶらと近づいてくるのを見守った。輝く表面をさまざまな装置で調べている。なんの変化もないまま調査はつづき、しばらくするとかれらはちいさな、ほとんどそれとわからない穴から丘の内部に消えていった。

「閉店時間だ！」ちびの暗い声がすぐ近くで聞こえた。輝く丘をまわりこんできたらしい。「あいつらは仕事を終えたんだよ。これが最初の兆《きざ》しじゃないか？　ミニチュア都市と模型のなかでは、暗黒の時はどうなると思う？　わかるか、グナラダー？」

「ああ」ジャシェムは嘘をついた。「いまではぜんぶわかる。黄昏を阻止することは、われわれにはできない。それは無意味だ。だが、黄昏がくれば、朝にはなにかがもたらされる！」

「いつものとおり、でたらめだ」ちびが毒づく。「かといって、わたしにはどうしようもないがな！」

　ブレクは胴体をすこし前傾させ、ちびの上にのしかかるような姿勢をとった。

「ときどき、すべての背後にいるのはわたしではなく、おまえではないかと思える」と、脅すような調子でいう。「おまえをサイバーランドに投げ落としたほうがいいのかもしれないな。転送機ドームから落下するか、深淵定数に引き裂かれてしまえ！」

＊

四回めの物質化が起きた。その前の三回と同じ状況で。サイバーモジュールの群れがいくつか展開している領域から、楕円体をはさんで反対側だ。物質化物体がモジュールを押しのけ、それが全方位に弾丸のように飛び散る。ブレクは何度か横ざまに転がって安全を確保した。かれの周囲でモジュールが楕円体の壁に激突し、理解不能な構造物が恐ろしい咆哮をはなって、かれはあやうく正気を失いそうになった。楕円体はなおも叫びつづけ、かれの立ち入りを拒む。ちびは両者のあいだで、自分が苦しいわけでもないのにいっそうはげしく悪態をついた。それでもいつものように、挑戦的であると同時に仲裁的な態度をとり、楕円体をののしったあとはブレクに悪態をつく。とうとうブレクはどこに自分の脳があるのかもわからなくなり、楕円体のなかに倒れこんだ。揺りかごに崩れ落ち、揺りかごはすぐさまヴァイタル・エネルギーでかれを満たした。

終わりだ！　かれはそう念じつづけた。もうおしまいだ！

物質化はかれから状況改善の最後の希望を奪い去った。最初に物質化したのは楕円体、それからちびだった。かれはこれを歓迎すべき気晴らしと考え、ミニ・ジャシェムを受け入れたもの。次にスタルセンが出現した。ミニ都市には驚かされたが、ちいさな輝く丘はかれをおちつかせた。このプロセスの規則性もわかってきた。ちいさなものの次は怪物があらわれる。

輝く丘の次がこれだ。

シャツェン！　シャツェンの全域だった。生物も無生物も、保管係もその工芸品も、すべてそろったミニチュアだ。多様性に富んだ、グレイ作用のシュプールなどどこにもない、領域のすべて。

ジャシェムはパッシヴ体に逃げこみ、フォーム・エネルギーのなかに沈みこんだ。それは一瞬の狂気で、すぐに立ちなおる。だが、裏づけもないまま、ちびに対する疑念が大きくなっていた。楕円体も信用できない。かれはなんとか目立たないように両者を厄介ばらいする方法を考えた。気のきいたやり方は考えられない。あまりに混乱し、無気力になっていて、果敢な行動は不可能だった。

シャツェンの地は施設のなかにおちつき、目に見えない皮膜、バリアにつつまれていた。ミニチュアのなかの者たちはあらたな環境にまったく気づいていないようだ。小型化された知性体はだれも変化を感知していない。ブレクは科学者の知見をもって、物質化物体はプロジェクションだと確信できた。いわば鏡像だ。だが、否定できない現実もある。それらには実体があり、たしかに物質でできていた。モジュールが壁に突き刺さったのがその証拠だ。スタルセン壁に手を触れることもできる。

ジャシェムは不安になり、いつになく長いあいだパッシヴ体をとりつづけた。そのためのフォーム・エネルギーは揺りかごのなかに蓄えてある。楕円体から独立して供給システムが作動するよう設計した自分を褒《ほ》めてやりたかった。楕円体は手出しできないし、その点はちびも同じだ。個人エリアの制御はブレク自身の直接の指示しか受けつけない。

ジャシェムが揺りかごから出ると、ちびがもう待ちかまえていた。よくあることだ。なにか新しいことや、まだやっていないいたずらがあると、そのたびに待っている。

ただ、今回はすこし違っていた。ブレクはミニチュアのおちついた、淡々とした口調を意外に思った。

「どうすれば手助けできるかいってくれ。あんたのぐあいが悪いのはわかる。深淵定数の上ではだれもが健康であることが重要で、憂鬱なんて場違いなんだ！」

「感謝する、ちび」驚きながらもブレクは答える。「だが、おまえがわたしをほんとうに助けられるとは思えない。わたしは証拠がほしいんだ。わかるか？　次元空間のオーラとわたしの下意識の相互作用から、物質化が生じているという証拠が！」

「シャツェン以外のどこで、もっといい証拠が見つかると思うんだ？」ちびはそういってドームのなかに姿を消した。そのとき、楕円体がつけくわえる。

「わたしはもうおちついた、グナラダー。友好的な通路はつねに開いている！」

混乱していたブレクは、感謝の言葉をかけることもしない。解決の可能性を考えつづけ、思ったよりも早く見つけることができた。楕円体を出て、捜索に向かう。からだに生じた真っ赤な染みは無視した。胴体中央は染みがほぼ一周しかけている。その部分がかたくなっているようだったが、気にはならない。

数時間後、探していたものが見つかった。それはサイバーモジュールのちいさな集積体で、すばやく行動して記録をとるのに適していた。集積体はほとんど目に見えないほどちいさく、磁気フィールド・プロジェクターで保管係の地に持ちこんで、不可視のバリアにぶつけることができる。

やってみよう。それだけのことだ。

制御装置の表示を見ると、集積体はやすやすと境界を通過し、シャツェンに飛びこんでいた。動きはすべてプログラミングされている。このスパイが活動を開始したと、ブレクはすぐに確信した。なぜモジュールが通過できたのかは考えないが、それでも自分のからだをバリアに押しつけてはみた。制御装置がスパイの帰還を告げるのを待ち、モジュールを評価装置に入れて、データをスクリーンに転送させる。

かれはシャツェンの地にいた。博物館の建物が見える。藪や林のあいだには保管係の小屋が点在していた。カメラにしたがい、次々と博物館を見ていく。集積体はミニチュアのサイズにくらべても極小なので、発見されることはまずないだろう。シャツェンのはずれにある一博物館に入り、展示室から展示室へと移動する。カメラが台座の前で停止した。台座の上にはホルトの聖櫃が鎮座している。

ジャシェムはじっと聞き入った。

なにも聞こえない。コンタクトするようプログラミングしてあるが、反応はなかった。

時空エンジニアの偵察員は応答せず、しばらくするとサイバーモジュールは移動を再開。すべての博物館を巡回し、中央博物館に到着した。とくに変わったところはない……ただひとつ、彫像があること以外は。

ブレクはからだが震えだすのを感じた。これが証拠なのか？　現実のシャツェンの地にそんな彫像がないことは知っている。このミニチュア・シャツェンに置かれた彫像は、かれの姿を完璧に再現していた。銘板にはこう記されている。

〝深淵の独居者〟と。

それはかれ、グナラダー・ブレクの像だった。〝その居住空間は一般にニュートルムと呼ばれる〟とある。

「これでわかっただろう」ちびの声が近くから聞こえた。いつのまにか制御卓の上にのぼり、彫像のようなポーズで、なかば閉じたひとつ目でこちらを見ている。

「ああ、わかった」と、ジャシェム。「またおまえが正しかった」

「〝また〟じゃなく〝いつも〟だ！　ニュートルムの奇妙な環境があんたの下意識に反応するから、あんなものが定期的に物質化する。あんたは危険物なんだよ！」

ブレクは逃げ場を探すように楕円体内部を見まわし、からっぽの揺りかごに沈みこんだ。ちびはすこし間をおいてあとを追い、揺りかごのそばにおちついた。

「それで、どう考えてる？」と、訊いてくる。

ブレクには考えることが多すぎる。真実はわかったが、直視できなかった。これは夢ではない。結果は恐ろしいものだ。

「サイバーランドの同胞と連絡をつけるべきだろう。ニュートルムにどんな脅威が迫っているか、知らせる必要がある」

「いや、わたしならそうはしない」楕円体がどこからともなく低い声でいった。「こちらは三名。力を合わせれば、すぐになにもかももとどおりになる。ニュートルムには深淵の独居者が必要だ！」

「それはニュートルムだけじゃない！」ちびが声をあげる。

「わたしをほうっておいてくれ！」ブレクは声を荒らげた。見ると、ちびが小型サイバネティクスにまたがって宙に浮かび、揺りかごの縁の上まで上昇していた。

「思考停止はだめだぜ」と、大声でいう。「どうなると思うんだ？　このままだと、いずれ深淵の地全体のミニチュアがここに物質化することになる。ミニチュアといっても、それほどの規模だと重要な設備を押しのけたり、次元空間に損傷をあたえたりさえするかもしれない。そうなったらどうする、グナラダー・ブレク？　ニュートルムはおしまいだ。崩壊するか、四散してしまうだろう。深淵の地全体が爆発するか内破するかして、全生命が一掃されてしまう。たいした見ものだよな、実際！」

「出ていけ！」ジャシェムは叫んだが、ちびは意に介さない。

「深淵の地の運命が一本の細い糸にぶらさがってることが、すぐにあんたにもわかるはず」ブレクはちびの甲高い声がそれほど力強く響くのを聞いたことがなかった。「あんたがその糸なんだ。切れてしまわないように、なんとかしないと！」

ブレクは狂乱した。からだが液体を分泌し、それが揺りかごの底に溜まっていく。暖かい空気につつまれ、かれはパッシヴ体をとった。

「そんなことは考えない」と、自分にいいきかせる。時間感覚がなくなり、ゆっくりとわれに返ると、ちびが計量枡と供給ラインを破壊したのがわかった。甘い液体は床に飛び散り、大きな水たまりになった部分では床が泡立っていた。

ブレクはなにかいうなりするなりしたかったが、そのとき記憶が干あがり、自分がふたたびあの虚無のなかにいることに気づいた。以前の自分がなんだったのか、もうわからない。わかっていることはひとつだけだ。

恐怖がまだそこにあり、けっしてかれを手ばなさないということだけ。

3

ドモ・ソクラトが近づいてきた。なにかいおうとしたが、あと三メートルほどのところで見えない障害にぶつかった。悲鳴をあげて後退し、地響きをたてて床に倒れる。かれが立ちあがると、床には窪みができていた。

半有機コンビネーションを着用したテングリ・レトス＝テラクドシャンが障害を調べる。そのからだと同じく、かれの防護服もプロジェクションだ。

「エネルギー障壁だな」と、レトス。「可変フォーム・エネルギーで、無効化するのは困難だ。まずそのための装置をつくらないと！」

わたしは片手をあげた。クリオはハルト人とともに障壁の向こうにいる。これは偶然ではないだろう。深淵の騎士とオービターを分断したということ。

「わたしがこっそりそっちに行こう」レトスがいったが、わたしは首を横に振った。

「待て。ジャシェムはまだきみの能力を知らない。カグラマス・ヴロトとフォルデルグリン・カルトも口を閉じているだろう。まず、これからどうなるのかを見きわめる必要がある！」

ややあって、監禁されている部屋のドアが開いた。サイバネティクスの一団がなだれこんできて、われわれを包囲する。さらに武装したジャシェム数名がつづき、最後にこの状況の首謀者であるテクノトール二名が入ってきた。フルジェノス・ラルグとコルヴェンブラク・ナルドだ。輝く棒がこちらに向けられると、四肢がちりちりするのを感じた。

「抵抗しようなどと思うな」ラルグがいった。「いつでも麻痺させたり、殺したりできるのだ！」

「いますぐ殺せばすべて終わる！」わたしは憤然と叫んだ。「良心が痛むのか？　良心のあるグレイ生物など見たこともないが！」

ほんの一種、ラルグがとまどったようすを見せた。だが、すぐに部下たちに合図し、サイバネティクスに意識を集中する。

「思考インパルスだ」レトスがわたしの横でささやいた。「かれらがサイバーモジュールを制御している。このコンビネーションのおかげで、はっきりとわかる！」

ナルドがわれわれの前に立ちはだかった。多数のマシンがかれを攻撃から守っている。「決定を伝える。きみたちには転送機ドームの屋上に同行してもらう。深淵の独居者が判決をくだす。独居者の決断はすべて正しいから」

周囲のサイバネティクスに拘束されるものと思ったが、そうではなかった。武装したジャシェムがわれわれをとりかこみ、部屋の出口に先導して、到着したときと同じような乗り物に押しこむ。それはすぐに動きだし、まっすぐ転送機ドームに向かい、その場で停止した。ふたたびジャシェムに連れだされるのを待つ。一ゲートを抜け、通廊に押しやられた。

「べつの入口のひとつに人影が見えた気がする」レトスがささやいた。「ジェン・サリクではないだろうか？」

瘦せたテラナーの姿を思い浮かべ、わたしは微笑した。かれとボンシンはいきなり姿を消したのだ。たぶん、ぶじに逃げられたはず。レトスが見たのがほんとうにサリクなら、解放の時は近いかもしれない。

〈楽観しないほうがいい〉付帯脳が口をはさんだ。〈ジャシェムも警戒しているはず。解放しようとする動きに目を光らせているだろう！〉

それでもサリクには不意を突ける有利さがある。わたしはそう思った。だが、同時にべつのことも思い浮かんだ。サリクは転送機ドームの罠のなかにまっすぐ突っこんでしまうかもしれない。そうなればこちらは三人になるが、助け合うことはできなくなるだろう。ただ、レトスは不可視になれるし、かれの半有機コンビネーションでできることもいくつかある。背中くらいは守ってくれるはず。

〈仲間を当てにするのは無意味だぞ、アトラン！　役にたつのは自分自身の、深淵の騎士の力だけだ！〉

〈わたしは期限つきの騎士ではないか！〉

通廊の交差点でジャシェムが停止。ラルグとナルドが背後にまわり、距離をとる。

わたしはドアを指さした。

「そこから脱出しろ！」と、レトスにささやく。「わたしが支援する。ジェンのところで会おう！」

わたしはジャシェムに突進した。不恰好な巨体がよろめき、倒れる。そのからだを跳びこえてふたりめのテクノトールに体当たりしたが、相手は精神能力でよぶんな腕を数本生成し、絡みつかせてきた。一本が頸に巻きつき、やがて息がつづかなくなる。苦しくなり、顔が赤くなった。ドアが音をたてて閉まり、数名のジャシェムが駆けだした。ドアを開けて追いかけるが、追いつけない。レトスは精神能力で、すぐさま姿を消したようだ。

わたしは監視たちにとり押さえられた。ラルグとナルドも追いついてくる。

「のこった騎士はひとりだけだ」と、かれらを嘲弄する。「独居者はたいして楽しめそうにないな！」

テクノトール二名は怒りをおさえこんだ。ほかのジャシェムがいるのでわたしに襲いかかるのをやめたという印象だ。かれらが命令を叫ぶと、一同はわたしを連れて塔の中心に向かった。

「すぐにまた捕まえる。〝かれ〟がみずから面倒を見てやる」温度工場の長、ラルグがいった。「ヴロトとカルトも同様だ！」

やがて反重力シャフトの前まできた。転送機ドームはどれも同じような構造なので、どのシャフトがどこに通じているかは見当がつく。わたしは屋上に通じる中央のシャフトに注意を向けた。見間違いだろうか、そこに影がうずくまっているように思えた。だれかがすでに反重力フィールドのなかにいて、その場にとどまり、こちらを観察している？

ジャシェムたちがわたしの視線に気づいたようだ。突然、二名が駆けだし、シャフトに跳びこむ。叫び声と麻痺銃の発射音が聞こえた。

そういうことか。だれが撃たれた？　ジェンか、テングリか？

すぐにジャシェムたちがシャフトの極性を反転させ、意識のない同胞二名を引きずりだした。だが、影も同時に姿を見せる。上昇していたが、極性が反転する前に外に出られなかったのだろう。

それはジェン・サリクだった。ほほえみながら近づいてくる。ジャシェムの存在を気にもしていないようだ。

「残念です。もっとあとで合流したかったんですが。ま、しかたがない。ホルトの聖櫃がよろしくとのことでした。つむじ風のそばにいて、あたりを見張っています！」

その情報で充分だった。ほかの捕虜はボンシンが面倒を見てくれるだろう。

ナルドが近づいてきた。

「これでまたふたりだ」と、ほくそえむ。「三人めもドームからは逃がさない。裏切り者にチャンスはない！」

ジャシェムはふたたび上昇に切り替えた反重力シャフトにわれわれを押しこんだ。ラルグとナルドもあとにつづき、銃を突きつけてくる。

「最後の警告だ」と、ラルグ。下では一ジャシェムの上半身がシャフト内に見えている。しばらくしてそれが引っこむと、ナルドが小声で宣告した。

「これでわれわれだけだ、深淵の騎士。とくにきみ、アトランは、これから耳にすることが気にいらないだろう。わたしは選択の余地をあたえる気などないが！」

〈なにかが起きようとしている！　急に一人称が〝わたし〟になった！〉論理セクターが指摘した。

「選択の余地？」と、わたし。シャフト壁面の赤い輝きが強くなる。上昇速度がすこしあがった。上方にハッチのような開口部が見えてくる。ドームの土台部分と塔の分岐点だろう。

両ジャシェムが笑いだした。聞き苦しい声が口からあふれる。ドモの警告が頭に浮かんだ。かれらはグレイ生物にならないまま、グレイの影響を受けている。わたしはジェンにハルト人の見解を伝えたのち、

「おまえたちは何者だ？」またしても笑い声があがる。

「わからないだろう？」と、両者にたずねた。

「わたしは知っています、アトラン」サリクがいった。「聖櫃が教えてくれたから」

「黙らないと麻痺させるぞ」と、ラルグ。「それとも、殺してしまおうか？」

かれらはサリクを押しのけ、わたしをあいだにはさんだ。

「おぼえているか？　きみはみずから細胞活性装置を手ばなした。われわれのことをよく知り、だますためだ。失敗すればよかったのだが！　グレイの騎士となった利点をなぜためしてみなかった、アトラン？　せっかく不自由さのシンボルを捨て去ったのに。とはいえ、すでに手遅れだ。われわれはスタルセンから追放された！」

わたしは目眩をおぼえ、ジャシェム二名を見つめる。

「かれらは奴隷化されています！」サリクがいった。「気をつけて。スタルセンから追放されたグレイ領主二名の意識を宿しているんです！」

そうだったのか。同時にサリクの態度も理解できた。かれがジャシェムに投降したのは、そのことを知っていたからだ。レトスにも話していたか、すくなくともコンタクト

していたにちがいない。

「われわれ、スタルセンで敗れた」と、ラルグ。「わたしはゲリオクラートの最長老、ナルドは助修士長の意識を宿している。われわれは領主ムータンに罰せられ、深淵に、この理解不能な連続体に吸収された。そこで同じく罰せられたほかの領主たちの意識と出会った。かれらは飢え、なにもできないほど弱っていた。われわれはかれらに力をあたえた。そうやって全体力を補強したのだ……すべての意識が深淵とニュートルムのあいだの分断フィールドを突破して、独居者の領域に侵入できるように。長い時間がかかったが、忍耐した甲斐《かい》はあった。いまや深淵の独居者もわれわれと同じようになり、三十四の意識を宿している」

「犯罪者たちめ！　他者を隷属させるのが唯一の目的か？　ほかにどんな罪をおかしてきた？」

「黙れ！」二名が同時に叫んだ。「きみになにかいわれる筋合いはない。グレイ生物を知らず、真の生命しか見てきていないのだから。背景も原因もわかっていない。だからこそ、われわれの敵だ」

麻痺銃の銃口が物騒に輝きだす。わたしは身をかたくした。白兵戦だとこちらにチャンスはない。麻痺させられれば、独居者と対面したとき不利になるだろう。

「おちついて」ジェンがいった。「実際の判決がなされるのはドームの屋上、深淵定数のすぐ下です！」

深淵の独居者のもとだ。

われわれは第二のエアロックを通過し、ドームの鉢状構造物に出た。そこにたいらな屋上部分があり、独居者が待っていた。

急にからだが熱くなった。判決を避けることはできない。またこの判決には多くのことがかかっている。ジャシェム帝国の存亡、それにともなう光の地平の帰趨《きすう》、深淵の地に暮らす全種族の生死が。

出口に着き、反重力フィールドから解放される。足の下に床を感じると、わたしは急いでわきによった。

すでに脅威と圧力を感じながら、独居者を見る。ジャシェムを思い起こさせるのはほんの一部分だけだ。

からだの半分は暗赤色に輝いていて、金属を思わせる。あとの半分はブルーで、動くようだ。さまざまなかたちの目があり、それらが期待するようにこちらを向いた。

「深淵の騎士ふたりか」低い声が聞こえた。「見た目はそれらしくないが、騎士オーラは感じられる。われわれ全員、感じている。これはめずらしい見ものだ。どう思う？」

「これでスタルセンでの失敗を埋め合わせられるだろうか？」ラルグとナルドの口を借りて、グレイの領主二名がたずねた。

「そんなことはどうでもいい」奴隷化された深淵の独居者が答える。「深淵の地にいるグレイの領主とわれわれの共通点はほとんどない。重要なのは、きみたちがわれわれに協力しているという点だけだ。まもなく深淵の地のすべてがわれわれのものになる！」

深淵の独居者は視覚環をひとつ生成した。われわれの正面にある体側に生じた環だ。かれはわれわれに向かっていった。

「ジャシェムのナルドとラルグと同じく、きみたちもグレイ生物にはならない。それぞれがグレイ意識の宿主となるのだ。だれもきみたちを救えない。反重力シャフトはブロックされ、屋上はバリアで守られている。三十四の意識のプシオン力には、たとえ深淵の騎士でも抵抗できまい！」

これが判決だ。わたしはそう感じた。戦う準備はできている。サリクを見ると、一瞬、自信に満ちた笑みがその顔をよぎった。グレイ意識はもうすでに……

ほぼ同時に、ちいさなインパルスを感じた。思考の断片のようなものだが、それで充分だった。

レトスがいた。不可視になってそばにいる。グレイ領主たちの意識は、それに気づいていないようだ。

わたしは気づかれないように安堵の息を吐いた。すべてが失われたわけではない。深淵の地にはまだ希望がある。

＊

〈あんたって、いやみで傲慢なやつだね！〉ボンシンの意識が悪態をついた。〈ぼくを拒否する気？〉

〈わたしはサイバーランドの一部だ〉ヴァイタル・エネルギー貯蔵庫が答える。〈ほかの問題はどれも些末《さまつ》なこと〉

〈時空エンジニアの偵察員に反抗し、深淵の騎士の意向に逆らうことになるんだぞ！〉

〈そのとおり。わたしは貯蔵庫であり、供給所ではない。きみはその違いを認識すべきだ。たとえまだ子供で、能天気だとしても！〉

つむじ風は徐々に怒りを募らせていた。延々とつづくヴァイタル・エネルギー貯蔵庫との議論が神経にこたえはじめている。これほど知性ある存在と、ヴァイタル・エネルギーの意味と目的について議論するなど、どう考えても無理だ。

〈ぼくは子供じゃない！〉思考で叫ぶ。〈能天気でもない。責任を引き受ける覚悟はできてるさ、あんたと違って。あんたなんか、サイバーランドにますます浸透してきたグレイ生物に首根っこを押さえつけられればいいんだ！〉

〈だったら、きみはわたしからなにも引きだせない〉貯蔵庫が指摘した。

ボンシンは頑迷に黙りこんでいたが、そこに聖櫃が割って入った。

〈つむじ風は緊急に、ヴァイタル・エネルギーによるプシ力の再充塡を必要としている。グレイの領主に生命を脅かされている捕虜を解放しなくてはならないから。サイバーランド全体に災厄が迫っていることを忘れないでもらいたい。われわれが介入しなければ、すべてが失われてしまう。きみの存在も数日のうちに終わってしまうだろう〉

貯蔵庫は答えない。その意識はあちこち動きまわり、ほかの貯蔵庫から情報を集める。つむじ風はそのようすを追尾していた。やがて、貯蔵庫はこう告げた。

〈きみたちのいうとおりだった。だが、そちらの要請を拒絶する真剣な理由があることを忘れないでもらいたい。〝壁〟の不安定化と深淵作用のサイバーランドへの侵入が、わたしやほかの無傷な貯蔵庫の機能を阻害しているのだ。そのため、沈黙したヴァジェンダのようすを探るのが、ますます困難になっている。まもなくヴァイタル流をジャシェム帝国に流すのも不可能になるだろう。だから、わたしはエネルギーを節約しなくてはならない。〝壁〟を通過可能にしたのが深淵の騎士ではないと、だれが保証できるのか？　意図的だったにせよ、たまたまだったにせよ？〉

〈時空エンジニアが信用している者の保証があれば信じられるか？〉

〈不承不承ではあるが〉

〈けっこう。ではわたしが保証しよう。深淵の騎士とその同行者たちはシャツェンからヴァジェンダに向かったが、その旅の途中で強制的に降ろされた。変わり者のカグラマス・ヴロトが、ヴァイタル流に乗ったかれらの旅を妨害し、好奇心から自分の居住地に連れ去ったのだ。かれらはヴロトの重力工場に近いヴァイタル・エネルギー貯蔵庫に実体化した。以来かれらはグレイ作用がサイバーランドにひろがるのを防ごうとしつづけている〉

〈信じよう〉と、貯蔵庫。〈きみたちは救済の最後の可能性だ。つむじ風にヴァイタル・エネルギーを供給する〉

〈とんでもない量だよ！〉若いアバカーがいった。〈ぼくの知るかぎり、とってもむずかしいと思うけどな！〉

〈量はわたしが決める！〉

ボンシンは嘆息して運命を受け入れた。意識を開き、ヴァイタル・エネルギーを貪欲に吸収する。流れはあっという間に干あがり、つむじ風の反応もとまった。貯蔵庫はまるで害虫でも見つけたかのようにかれを吐きだす。若いアバカーは光を吸収する黒い聖櫃にしがみついた。

「向こうにある、球体がのったさいころに向かう」聖櫃の思考がとどく。「まずはなかに入り、周囲を見てまわろう！」

巨体をくねらせる怪物を連想させる波打つ都市のまんなかにある安息の小島の縁をはなれ、かれらはサイバネティクスが動きまわる通廊に出現した。それらはジャシェムに制御され、作業に没頭している。バリア・プロジェクターを構築し、捕虜にした駆除者たちの通る道を整備しているようだ。

ボンシンはジャシェムたちの思考を読んだ。テクノトールは動揺している。ラルグとナルドが深淵の独居者に会うためスタートして以来、転送機ドームからなんの音沙汰もないのだ。ジャシェムたちは反重力シャフトの前で待ちつづけているが、徐々にいらだちはじめていた。

「クリオの思考をとらえた」聖櫃の精神の声がいった。「探しにいこう」

つむじ風は箱をわきにかかえたまま、時空エンジニアの偵察員に誘導されてテレポーテーション。出現した先にはクリオとハルト人がいた。ソクラテスはアバカーを見て、大きな笑みを浮かべた。

「おお、これはすばらしい。迎えにきてくれたのか！」

つむじ風は二本の腕をのばした。クリオとソクラトがそれをつかみ、アバカーはさいころ内部のべつの場所に適当にテレポーテーションした。そこにあるのはサイバネティク装置の騒音だけだ。

ボンシンはふたりにその場で待つよう指示する。捕虜になったジャシェム二名の思考はすでにとらえていた。聖櫃をドモとクリオのもとにのこしたまま、捜索に出かける。ジャシェム二名はエネルギー檻《おり》に入れられていて、つむじ風は補充したヴァイタル・エネルギーをすこし使い、サイバーモジュールを破壊しなくてはならなかった。すぐに警報が鳴りだしたが、遅すぎる。アバカーはすでに両テクノトールをつかみ、かくれ場にもどっていた。聖櫃もほぼ同時に、大駆除者を連れて実体化した。

「やっとか！」ハルト人が待ちかねたというように身震いする。「敵はどこだ？　どこからはじめる？」

「まず、このジャシェムたちの話を聞こう」ホルトの聖櫃の思考が伝わってきた。

カグラマス・ヴロトとフォルデルグリン・カルトはおちつかなげに身じろぎしている。

「〝かれ〟はすべて終わりだと考える」ようやくヴロトが口を開いた。「アトランとサリクは転送機ドームの屋上に連行され、レトスは姿を消してしまった。集まったテクノトールたちはパニック状態だ。最悪の事態が考えられる。どうにもできない！」

「われわれが介入する！」ハルト人の大音声が響いた。「クリオはサイバネティクスを行動不能にするのに役だつ装置をつくりはじめている。まだ救えるものだけでも救いだすのだ！」つむじ風と聖櫃に向きなおる。「深淵の騎士のあとを追うぞ！」

「駆除部隊はどうするの？」と、ボンシン。

「とりあえずはきみたちに行動してもらう」ホルトの聖櫃がいった。「ジャシェムを攪《かく》乱《らん》して、できるだけ多くを捕虜にするのだ。そのあとどうなるか見てみよう！」

アルテナグ・ヴァウンは空洞球のまんなかにいた。ルマンバー・ドラフトがそのまわりをうろうろと動きまわっている。かれは小型サイバネティク・プラットフォームにしきりに指示を出し、無重力下で位置を変えさせた。

コミュニケーション・センターの空気が新鮮でなく、むっとするものに感じられる。ヴァウンはよぶんな目を生成し、空洞球の壁面のサイバーモジュールがはなつグリーンの輝きを注視した。闇のなかでテクノトールが位置を変えて光をさえぎる場所が変わるたび、明滅しているようだ。

おかしい、と、思った。テクノトールたちは以前のように空洞球のなかを無意味に飛びまわったり、話をしたりしていない。言葉を発するのをだれもが恐れているかのようだ。

ヴァウンははっとなった。もうためらってはいられない。だれもがジャシェム帝国のはずれからとどいた最新報告を知っていた。グレイ領域はますます拡大し、その勢いはとどめようがない。サイバネティクスを投入するのは逆効果だ。たちまちグレイ作用の影響を受け、テクノトールの工場に襲いかかるから。かれらがテクノトリウムに到達するのは時間の問題だった。

＊

この状況をとめようとするジャシェムはいない。しかし、なぜなにもしないのかと、だれもが自問していた。

「話を聞け」ヴァウンはいった。「〝かれ〟が決断力のある、断固としたジャシェムであることは知っているはず。だが、それでも混乱している。最初はすべて深淵の騎士とその仲間のせいだと思っていたが、じつはジャシェム自身が原因ではないかと思えてきたのだ。ラルグとナルドはもう数時間も深淵定数の上に行っているが、事態はなにも変わらない。深淵の騎士が死ねば〝壁〟は閉じるといわれた。もしもかれらが深淵に消えたり、あるいは独居者によってべつの方法で罰せられたりしたなら、とっくに変化が起きているはず。だが、実際はどうだ？　〝壁〟はますます通過しやすくなり、いたるところであらたな亀裂が生じている。それはほんとうに騎士のしわざなのか？　それともラルグとナルドのしわざなのか？」

怒りの声があがり、数十名のジャシェムが動きだしてヴァウンに迫った。ドラフトが声を張りあげる。

「これは種族全体の問題だ。理性をたもち、一時の気分に流されるな。ヴロトとカルトをおぼえているか？　かれらはつねに、深淵の騎士はわれわれの友であり、グレイ作用をしりぞける手助けをしようとしているといわなかったか？　そうではないといったのは、ラルグとナルドだけだったのではないか？」

「どうすればいいというんだ？」質問が飛んだ。

「〝かれ〟は、テクノトールの精鋭を深淵の独居者のもとに送るべきだと考える。そこでなにが起きるのか、あるいは起きたのかをはっきりさせなくてはならない。それ以上のことはもとめない。転送機ドームからなんの連絡もないのは、無責任というものだろう」

急いで投票が実施され、その場にいたジャシェム全員が提案に賛成した。十名のテクノトールが選ばれ、ただちにスタートする。ヴァウンとドラフトもそこにくわわった。その場をはなれ、さいころとの境界となっているリングにつづく道を進む。コミュニケーション・センターの外では、ジャシェムの姿をとったサイバネティクス数体が待っていて、こう報告した。

「捕虜が脱走しました。どうすればいいでしょう？」

ヴァウンは思考が追いつかない。身じろぎし、通廊で立ちすくんだ。

「捕虜？」と、ぼんやり問いかえす。

「オービター二名と、ほぼ五千名の駆除者です。さいころを通過しています。ヴロトとカルトも姿を消しました！」

「あの裏切り者ども！」ジャシェムが叫んだ。「ラルグとナルドを見つけて、あらたな指示をもらわなくては！」

「駆除者はさいころから追いだし、コミュニケーション・センターに入らせないようにしろ」ヴァウンがサイバネティクスに命令する。かれ自身は二番めの転送機の接続部に向かった。

ジャシェム九名があとにつづく。時間がないことはわかっていた。

＊

壁の金属が紙のように裂け、ハルト人の巨大な頭があらわれた。ソクラトが肉体を硬化させ、構成体に突進したのだ。衝動洗濯ではなく、ただ見せびらかすために。咆哮をはなつと、装置類がいくつか留め具からはずれて落下した。ジャシェムたちは悲鳴をあげ、大あわてで動きだした。隣室に逃げこむが、出入口がひとつしかないため、どこにも逃げられない。次の瞬間にはハルト人が迫っていた。ドアを引きちぎり、四本の腕をのばす。

「こっちにこい、ちびさんたち」ソクラトの大音声で一テクノトールが気絶して床に倒れた。ハルト人は慎重にかれらを引っ張りだし、機材置き場に一列にならべていった。

「名前と所属を述べよ！」と、吠える。

ジャシェムたちは震えながら答えた。

「スヴィンダー・ドルト、直流工場！」

「ジャベルバー・シュミク、ここの通信士だ！」

「レケヴァー・クスル、短波工場！」

「もういい！」ソクラトは出口に近づき、ドアを開けた。そのまま手でドアを押さえる。駆除者の一団が殺到してジャシェム全員を連れだすまで、かれはドアを押さえつづけた。

突然、その注意がそれて、じっと聞き耳をたてる。すると、次の瞬間、つむじ風がかれの横にあらわれ、手をのばした。両オービターは姿を消し、さいころ内のべつの場所に出現。そこでは駆除部隊がバリケードを築き、陣地を確保しようとしていた。多数のサイバネティクスがかれらを悩ませている。

「クリオが必要だな」と、ハルト人。「聖櫃はどこだ？」

つむじ風は時空エンジニアの偵察員とテレパシーでつながっていた。すぐに黒い箱がサイリンといっしょに実体化する。クリオはいくつか装置をつくりだしていて、それを駆除者たちに配布した。そのあいだにつむじ風と箱はいったん消え、二名のジャシェムを連れてもどってきた。

カルトとヴロトはただちに作業にとりかかった。深淵の騎士とオービターに対する留保条件は、どちらもとっくにとりさげている。同族からのあつかいに、最後の心理障壁も消え失せたようだ。駆除者たちが装備した装置がジャシェムとサイバネティクスのあいだの通信を妨害するあいだに、カルトとヴロトがかれらの思考を介入させる。攻撃側盾した思考インパルスを受領した。それらは混信したり、同じ強さで入ってきたりする。マシンは動作を停止し、駆除者たちは前進しつづけた。

そのあいだにつむじ風は、さいころのなかでほかの注目点を探しだしていた。生命を危険にさらすことなく、遊びたい気持ちを全面解放する。かれはそのプシオン力で、いくつかのマシンホールを狂乱の渦にたたきこんだ。ジャシェムたちは完全に見当識を失い、無意味に駆けまわっている。駆除部隊はただかれらを集め、捕虜収容所に選んだホールに連れていくだけでよかった。深淵警察たちは武器を手にしている。ジャシェムとそのサイバネティク助力者たちに奪われた笏《しゃく》をとりかえしたのだ。投入するのはときたまで、使うさいは麻痺モードにしている。

それでもジャシェムの抵抗は大きくなっていった。駆除者をさいころの外に追いだそうという戦術をとる。だが、そうさせるわけにはいかない。外にはサイバネティクスの構造物が遊弋《ゆうよく》しているから、駆除者は無力で、身を守ることさえできないだろう。

「もういい、つむじ風！」若いアバカーのすぐ横に出現した聖櫃がいった。「駆除部隊は全員解放した。いまは各所に展開している。クリオと大駆除者が状況をしっかり掌握《しょうあく》した。カルトとヴロトがサイバネティクスを撤退させている！」

「急にうまくいくようになったね」ボンシンが不審そうにいう。「外のサイバーランドではだめだったのに。あそこでは、ほかのジャシェムの力はもっと強かった！」

「ラルグとナルドのおかしな影響がなくなったせいだ。かれらは転送機ドームの屋上にいる。だからわたしがここにきたのだ。ソクラトがじりじりしながら待っているぞ！」

両者はその場から消え、ハルト人のそばに再出現した。アトランのオービターは、ヴロトが制御するマシンにサイバネティクスの残骸の山を食わせているところだった。

「やっときたか。ここから出るぞ！」

つむじ風がかれをつかみ、非実体化。聖櫃といっしょに、さっきのヴァイタル・エネルギー貯蔵庫の前に出現した。貯蔵庫はかれらの意図をすぐ見破り、

「消えてくれ！」と、テレパシーの声で叫んだ。「もう二度と会いたくない！」

「しかたないのだ」と、時空エンジニアの偵察員。黒い電光が箱からはなたれ、黄金の卵に向かってほとばしった。貯蔵庫が甲高い悲鳴とともに開く。

つむじ風は意識を集中した。同時に吸引力が生じ、大量のヴァイタル・エネルギーが流れこんでくる。開口部が閉じ、貯蔵庫ははげしく抗議したが、意にも介さなかった。

「こうするしかない」ソクラテスがいった。「三名の深淵の騎士の命がかかっているのだから」

それこそまがうかたなき真実だと、若いアバカーにはわかっていた。アトランとサリクはグレイ領主の手中にあり、レトスはドーム内のどこかにいて、やはりもう捕まって

いるだろう。ジャシェムが指導者立場の二名の不在で混乱しているのを見て、オービター たちもようやく危機に気づいたのだ。

つむじ風とソクラトと聖櫃はその場で非実体化した。

かれらの力は、グナラダー・ブレクが最初に思ったよりは制御されたものだった。むしろ予想以上に目的が明確で、かれも自分が必要とされないときには自由に行動できた。深淵の独居者が生きのびるためには自由に思考できることが重要だと、かれらはわかっているのだろう。自由な思考はブレクという存在の一構成要素となり、ニュートルムという理解不能な空間での生存を確実なものにしていた。

ブレクは転送機をくぐった。三十四の意識は黙りこんでいる。自分に個人的な思考ができていることに、とまどいをおぼえた。金属化した前任者の肉体がならぶ横を、かれは畏怖に身震いしながら通過し、一エネルギー流路に沿って進んでいった。楕円体が輝くのが見えたが、引きこまれることはない。

〈きみたちの目的はなんだ？〉かれの意識は苦しげに声を発する。〈どうしてわたしはフルジェノス・ラルグとコルヴェンブラク・ナルドに嘘をつかなくてはならなかったのか？　きみたちのなかの二名は、なぜあの指導的立場の両ジャシェムに憑依《ひょうい》した？〉

返ってきたのは笑い声だった。精神の哄笑《こうしょう》が鳴りひびく。かれは苦痛の声をあげ、あやうく均衡を失いそうになった。だが、すぐにまた空虚さがもどってきて、かれらがこちらの精神を癒すために引きさがったらしいとわかった。記憶の一部がさらに復活し、残酷な現実をわずかなあいだだけ忘れさせる

＊

「危険物はおまえのほうだ」ブレクはちびにそういって、サイバネティクスをいくつか楕円体のなかに呼びだした。「すべてを破壊してしまう！」

「ちがう！」と、ちび。「ばかげた考えだよ。完全にいかれちゃったのか？　よく考えろ！　あんたは自分でも制御できない物質化で、ニュートルム全体とその周辺を危険にさらしてる！　それなのに、とっくに期限が切れてたものに手を出したからといって、わたしが危険だというのか？　たしかにあんたの古い時計を壊したけど、だからなんだ？　あんたはもう前から時の黄昏を基準にしてたじゃないか！」

時の黄昏の記憶が万力のようにブレクを締めあげた。下半身に浮かんだ真っ赤な斑点が目の前にあらわれる。深淵の独居者はその変化の過程を思い返した。それは体表だけでなく、肉体の奥にまでおよんでいた。変化はまだ障害にはなっておらず、意志の力でパッシヴ体を維持したり、アクティヴ体にもどったりできている。だが、いずれはそれ

もできなくなるのではないかと、かれは危惧していた。だとしたら、そうした変化が起きていない、ちびと妥協しておくのはいい考えかもしれない。

「時の黄昏のことはいうな」と、文句をいって、サイバネティクスに注意を向けた。べたべたした刺激性の液体を吸いとって変成させ、かれが設置した仕切りの溝を修理している。その作業はきわめて精密で、修理後はなにをしたのかわからないくらいだった。

「どうしていつもそうなんだ?」楕円体が口をはさんだ。「よく考えてみろ。論理的に考えられなくなっているのはニュートルムの影響かもしれない、グナラダー・ブレク。あるいは、見方が一面的なのかも!」

「わたしは考えたいように考える」独居者の言葉には興味のなさがあらわれていた。

外のミニチュア・スタルセンのはるか後方ではげしい音がして、ブレクはたじろいだ。楕円体に設置した制御システムの前に急ぎ、いくつかの表示を見る。外でなにかが爆発したようだ。マシンは原因を未確認と報告してきている。

ブレクは行動にうつった。急ぎ足になったことなど長らくなかったので、肉体を硬化させた部分が痛くなる。楕円体の外に飛びだしてサイバネティクスを呼び、施設を高速で通過し、次元空間の末端部まで急上昇する。途中で被害も目にしたが、どこもほぼ完全にかたづいていた。ニュートルムの機能に影響はないだろう。

第四の時の黄昏! あの呪わしい第四の黄昏のことが脳裏によみがえる。状況は以前とすこし違って、霧ではなく、冷たい煙がひろがった。楕円体の周囲はグレイと黒でおおわれ、独居者は一瞬、ニュートルムと呼ばれる奇妙な連続体にひび割れが見えたように思った。だがその光景は二度とあらわれず、かれはそれを想像の産物としてかたづけた。神経がまいっているせいだろう、と。

やがて煙は晴れ、物質化したものはなにもなかった。ただ、数時間後、奇妙な音かささやき声のようなものが聞こえた。目に見えないなにかがしゃべっているかのようだ。かれはサイバネティクスを展開させ、デフレクター・フィールドを使って対象をまさに狩りだそうとしたが、得られたのはちびの嘲笑と楕円体の笑い声だけだった。

だが、それ以降、ブレクはなにか目に見えないものがニュートルムにいると確信するようになった。

その証拠はかれのからだの大きな赤い染みだ。

サイバネティクスで次元空間のはずれまで行く。急いで降りて、末端部のなかに入り、技術センターをあとにした。幾何学的な形状で見晴らしのいい領域が終わり、ブレクが誇りに思う〝理解不能な場所〟がはじまる。

過去のジャシェム技術がつくりだした、宇宙創成の歴史の一部だ。

遠近感がおかしくなった。床と壁と天井の境界が失われ、無数の境界がありながらなんの継ぎ目もない部屋になる。その作用から、周囲が次元供給機だらけなのだとわかった。次元供給機がプシオン映像を投影しているのだ。深淵の独居者は外側感覚を閉じてテレパシー力を活性化させ、おのれの内に耳をすませた。もっとも意味深い映像を探しだし、意識をそこに向けることで自身のなかにとりこむ。からだの金属部分がもたらす強力なフィードバックを感じた。かれは瞬時にみずからも映像の一部となり、驚異の庭園にいるかのようにそのなかを動きまわった。そこはすべてがジャシェムにとっての楽園のようだ。サイバーランドに似ているが、あらゆる方角に無限にひろがり、〝壁〟は存在しない。

煙が消えていき、ミニチュアのジャシェムよりもすこしちいさい竜巻ができたのが見えた。それが黒ずんで、漆黒よりも黒くなる。プシオン領域に移行したせいだ。

ブレクは真相に気づいた。プシオン放出を感じた瞬間にわかっていた。目に見えない存在の正体もわかる。すぐに認識できたのは幸運だった。かれはいきなり自分をプシオン映像から解放し、前につんのめる。次元供給機の領域をはなれ、テレパシーで制御する一装置の前によろめき進んだ。

かれが気づいたことを、向こうはまだ知らない。それはたぶん、ニュートルムに侵入したのが本体のかけら、すなわち断片だからだ。だが、断片でも充分に危険だった。それらは橋頭堡《きょうとうほ》を築くが、こちらからは感知も破壊もできないから。

サイバネティクスが展開し、ニュートルム全体にプシオン罠を投影した。技術センターとプシオン性の次元供給機は反発性コンポーネントなので、断片は破壊的な性質を維持できなくなるはず。

ブレクはサイバネティクスに乗り、楕円体にもどった。すっかり混乱して、まともにからだを動かすのさえむずかしい。からだの一部が金属になっていることをうれしく思った。供給機とのコンタクトが容易だったのは、次元空間との直接のフィードバックのおかげだとわかったから。

だが、べつの要因もある。物質化がかれの肉体の変異を促進しているのだ。ニュートルムのせいではない。その経過はあまりにも速かった。

ことのなりゆきと、付随するすべてに向かって悪態をつく。

楕円体にもどると、ちびが無言で待っていた。楕円体が光り輝く壁をわずかに動かし、独居者に新鮮な空気を送る。ブレクはありがたく深呼吸して揺りかごに沈みこんだ。目をいくつかからだから生《は》やす。この深淵定数の上の領域でなんの問題もなく、平和に暮らしていたころのことが思い浮かんだ。数百深淵年前はどんなふうだったろう？　すでにニュートルムに独居していたのに、どうしてなにも物質化しなかったのだろう？　時間の経過とともに、自分の下意識の変化が引き起こした事態なのか？

そうだったにちがいない。すべての災いはあのとき、肉体の変化がちいさな赤い斑点ではなく、大きな赤い染みとなってあらわれたときにはじまったのだ。その結果、最初の物質化が起きた。

　大きなため息をついたとき、ちびが心配そうな身振りをしているのに気づいた。

「ああ、わかっている」と、ブレク。「ニュートルムはわたしの心とからだだけでなく、魂を、下意識を変化させた。だれがわたしを救える？　おまえたちのだれかが時の黄昏から救ってくれるのか？　壁を引き裂き、この恐怖を終わらせてくれるのか？」

「いまこそ戦わなくては！」ちびが強い口調でいった。「あの咆哮が聞こえないのか？　第五の時の黄昏で、あんたはまたすこし年老いた。金属部分が増えたんだ、グナラダー・ブレク。戦えよ。物質化を阻止するんだ！」

　ややからかうような調子にも聞こえたが、気のせいだろうか？　いや、ちびの言葉はいつだってそんな調子だ！

　確保している通路から楕円体を出て、呼びよせたサイバネティクスに息を切らしてよりかかる。マシンはかれを楕円体の反対側に運んだ。かれはそこの全領域をからっぽにしていた。目のとどくかぎり、なにもかもがこれからの物質化に向けて準備されている。マシン設備の構成を全面的に更新する必要があった。なんであれ破壊はもちろん、傷つけることも許されない。

　物質化が起きたが、ブレクはもう最後まで見ようとはしなかった。弱々しく楕円体にもどる。なにをすべきかはわかっていた。ちびと楕円体の提案を受け入れるのだ。三つの力を合わせれば、事態を好転させるチャンスは大きくなる。転送機をくぐり、ジャシェムたちに呼びかけて、交代要員を見つけなくてはならない。かれのかわりをつとめるべつのだれかを。すでに目星はつけていた。多くの者から孤独だと思われていて、しかもあらゆる知性体に対する健全な好奇心を持ち、後継者にとりわけふさわしい。自分が手ほどきをすれば、カグラマス・ヴロトはすばらしい深淵の独居者となるだろう。

かれは揺りかごのなかに沈みこみ、パッシヴ体の状態を楽しんだ。後継者のことばかり考えていたので、多少とも力をとりもどしてフォーム・エネルギーの表面に浮上したとき、最初に口にしたのもそのジャシェムの名前だった。

「カグラマス・ヴロト！」

「いやいや」近くからちびがいった。「あんたはグナラダー・ブレクだよ。おい、どうしたんだ？　頭がおかしくなったのか？」

深淵の独居者はだるそうに否定の身振りをした。

「われわれ、これからどうする？」と、ささやくようにいう。「助言はあるか？　よろこんできみたちに耳を貸そう！」

「光栄だ」と、楕円体。

だが、ちびはこう叫んだ。

「助言なんかもとめるな！　ヴァイタル・エネルギーは語り、グレイ生物は沈黙する。

われわれが助言しても、あんたはすぐに後悔するさ。ますますとほうにくれることになるんだ、グナラダー・ブレク。そしてもっと老いていく。あんたが自分の脚で立てなくなったら、よろこんで見物してやるよ」

独居者は以前と違い、その言葉を挑発ではなく、脅迫だと感じた。意を決して揺りかごから出る。ちびは支柱の片方にとりつけたプラスティック繊維にぶらさがっていた。自分用にちいさな揺りかごをつくり、その上で運動をしている。

ブレクは二本の腕をのばしてミニチュア版ジャシェムをつかむと、そのからだを揺さぶる。ちびは泣き声をあげて助けをもとめたが、ブレクは容赦しなかった。

「いいか、わたしに協力しないなら、おまえはもうニュートルムで用はない。ここでひねりつぶすからな！」

「やめろ！」楕円体が叫ぶ。その声は全方位から響いてきて、独居者をいらだたせた。

「わたしの存在がちびと密接にリンクしていることを忘れないように。ニュートルムからほうりだされたくなかったら、その手をゆるめるのだ！」

ブレクは笑いだした。なんてことだ。だれかが独居者をニュートルムからほうりだすという考えを、まじめに受け入れることができない。手のなかのちびを、肉体的な苦痛で悲鳴をあげるまで締めあげる。

「自分の仕事に専念しろよ！」と、ちび。「あんた自身の現実からフィードバックがあるんだ。それに目を向ける気はないのか？」

ブレクが手をはなすと、ちびは急いで床の上を横切り、安全な自分のドームのなかに逃げこんだ。外に楕円体の放射を圧するほどの閃光が見えた。かれは外側観察装置を作動させ、物質化物体を見つめる。最初はグレイ生物かと思えた。荒々しく野放図で、陰鬱さと攻撃性に満ちている。だが、その生物はジャシェムだった。

数拍のあいだ、ブレクのエネルギー循環が停止した。かれは不明瞭な叫び声をあげる。サイバーランド。物質化したのはサイバーランドのミニチュアだった。現実そのものではない。すでにグレイ化しているから。

独居者はぞっとして揺りかごにもどり、エネルギーの補給を楽しむことなくそのなかにかくれた。乾いたクッションにすわり、身震いする。

恐怖は大きくなっていった。ミニチュアとかれ自身の領域のあいだに因果の攪乱が起きるとは予想していなかった。いずれそんな日がくるとわかっていてもよかったのに。ジャシェムたちのことに気をとられすぎていたからか？

ちいさなドームから拡声装置ごしに聞こえる笑い声が、かれを現実に引きもどした。

「あきらめたんだな」と、ちびがいう。「なんて顔だい！　なにを恐れているんだ、グナラダー・ブレク？」

「ニー領がここに実体化することをだ！」

「ああ、もうその必要はない」楕円体が親しげに答えた。「ほんとうだ。安心していい、深淵の独居者。もうすぐひとりではなくなる。きみの精神は救われるのだ！」

ブレクの脳内に警報が鳴りひびいた。突然、なにが起きているのかがはっきりする。すくなくともかれは、それがわかったと思った。揺りかごから飛びだし、友好的な通路に急ぐ。通路はかれに向かってうなった。閉じこめられたのだ。

「開けろ！」と、ブレク。楕円体は笑い声をあげた。

「自分をなんだと思っている？　第七の時の黄昏が終わるまで、外には出られない！」

「なにが望みだ？」ブレクは弱々しくたずねた。かつてないくらい疲れている。休息とサイバーランドが恋しかった。

「待ってろ！」ちびがドームのなかからいった。「それとも、わたしのほんとうの姿が見たいか？　かつてどんな名前を名乗っていたか、知りたいか？」

ブレクの神経が焼き切れた。強大な脚が下半身に生じ、ちいさなドームを蹴飛ばす。ドームは大きな弧を描いて楕円体のなかを飛び、制御卓にぶつかった。プラスティックの破片があちこちに散らばる。

「やめろ！」楕円体が叫び、ブレクは気絶しそうになった。「前にもいったとおり、きみはこの戦いに勝てない。いや、もうすでに負けているのだ、グナラダー・ブレク！」

4

深淵定数がわれわれの上にある。それは深淵の地の三次元を制限している。世界はこの高さで終わり、定数の向こうになにがあるのかはわからない。

脳に圧力を感じる。深淵定数からくるものだ。これまでの経験では、定数にこれほど接近することはできないはずだった。テングリ・レトス＝テラクドシャンのところに行くためスタルセンの都市外壁を登り、ケスドシャン・ドームのプロジェクションに入ったときのことを思い返す。あのとき内面にかかった影響はほとんど耐えがたいものだった。ただ、ムータン領に滞在して以来、転送機ドームの屋上部分では定数の影響が弱まっている印象があった。たぶん深淵の地の技術的特性によるものだろう。

目の前に深淵の独居者の姿が輝いている。その肉体の半分は暗赤色の金属に変わっていた。身動きするときも、ほかのジャシェムのような動きは困難になっているようだ。二名の見張り、コルヴェンブラク・ナルドとフルジェノス・ラルグの肉体をまとった助修士長とゲリオクラートの最長老は、気にもとめていないらしい。自分たちが支配している肉体のことはどうでもいいようだ。その理由はまもなくわかるはず。

「グレイ生物も良心の呵責《かしやく》は知っている」独居者はそういって、テクノトリウムでの出来ごとの情報を得ていることをしめした。「本来の命令は、深淵の騎士三名を殺せというものだった。だが、あれほどの能力を持ったきみたちを失うのは惜しまれる。独居者の肉体は永遠ではないのだ。このからだが完全に金属になってしまったら、次のジャシェムが独居者の任務を引き継ぎ、前任者たちと同じように、ニュートルムの転送機の入口で無言の番人とならなくてはならない。後継者を決めるのはわれわれだ。われわれの意識がそれぞれ宿主の肉体を得て、ジャシェム帝国を管理する。その技術力を使ってニー領のグレイ領主たちに復讐するのだ！」

〈時空エンジニアにはいくつかのグループがある！〉付帯脳が叫んだ。

これでグループは三つになった。光の地平の時空エンジニア、ニー領のグレイ領主、罰せられて深淵に吸収された領主たちの意識。またしても、カグラマス・ヴロトの問いが脳裏に浮かんだ。時空エンジニアのどのグループを支援すべきなのか。

「復讐をもとめているんだな！」わたしは時間を稼ごうとしてそういった。つむじ風と駆除者たちが解放されたなら、全力をあげてわれわれを解放しようとするはず。

「われわれをとめることはできない」ラルグの姿の最長老がいった。「ニー領では、深淵に吸収されるのは名誉だとされていた。だが、実際には、それは罰なのだ。わたしと助修士長はニー領の権力を奪取し、光の地平を征服し、時空エンジニアをグレイ生物に変貌させる。ヴァジェンダを破壊し、グレイの国を永久に支配する。深淵はわれわれのものとなり、コスモクラートは二度とわれわれに近づこうとしないだろう！」

その言葉はあまりにも確信に満ちていて、わたしはすこし自信を失いかけた。時空エンジニアは深淵においてもっとも重要なファクターだ。はるか昔、コスモクラートからトリイクル9の再建をまかされたのは伊達《だて》ではない。よりによってそのファクターが制御不能になっている。遠い昔のたったひとつの決断がこれほどの影響をもたらすとは、信じられないくらいだった。

わたしは鋼のようにかたいジャシェムの決意を理解しはじめていた。時空エンジニアという言葉に、かれらがどれほどの怒りを感じるかを。その名前を聞いただけで怒りの発作に見舞われ、傲慢さが狂乱にまでいたってしまう。かれらは深淵の技術者で、深淵の地の建設において主要な役割をはたし、いまもなお、そこでの生命活動を可能にする技術設備に責任を負っている。かれらはまさしく最初から、すべてがどこに向かっているかを知っていたのだ。

〈だが、コスモクラートに情報をとどけたり、警告したりする手段はなかった。時空エンジニアが深淵の地を孤立させたから〉と、付帯脳。

わたしは考えこんだ。レトスを深淵の地に呼んだのは時空エンジニアだ。すくなくとも、レトスはそういっていた。かれの勘違いとは考えにくい。つまり、両者が知り合う機会があったということ。時空エンジニアたちは、封鎖を突破できることも知っていたにちがいない。

それとも、どうなるかわからずに呼んだのか？　そこまでするほどせっぱつまっていたのだろうか？

結局、なんとしても早くヴァジェンダに行き、その安全を確保しなくてはならない。真の生命の最後の保証をグレイ作用に手わたすわけにはいかないのだ。

われわれはヴロトから、時空エンジニアがべつの解決策を模索していたという話を聞いた。トリイクル９を再建するのではなく、新造しようとしたのだ。記念碑的な仕事をなしとげるため、自分たちのÜBSEF定数からあらたなトリイクル９をつくりだそうとして、フロストルービンの基部である創造の山に没頭したという。そのことをコスモクラートに伝えるとジャシェムに脅され、ことが露見するのを恐れたかれらは深淵の地を孤立させ、事態を悪化させた。その結果、時空エンジニアは深淵の地をグレイ作用に明けわたすことになる。ヴァジェンダもこの脅威の拡大を防ぐことはできなかった。

もしトリイクル９が、無数の情報プールが集積されたモラルコードのプシオン・フィールドでなかったなら、たいした問題ではなかったろう。プシオン・フィールドの二重らせんは宇宙全体を網羅する。そこに貯蔵された情報は、宇宙創成のはじまりからの重要な構成要素だ。モラルコードはビッグバンに先立つ前宇宙から存在しており、宇宙が大収縮に転じたあと、後宇宙のさらにあとのフェーズになってもなお存在しつづける。モラルコードがみずから変化することはあるが、外部からの介入はあらゆる力の自然なバランスの混乱をもたらす。プシオン・フィールド間の接続が壊されたら、宇宙的なカタストロフィの危険さえある。

トリイクル9消失の影響は、一個人には想像もつかない。

〈すべてオルドバンの責任だ〉論理セクターが指摘した。〈当時かれはトリイクル9の変質を見すごし、その消失に気づくのも遅れた。時空エンジニアの能力を不安視するなら、あのサドレイカル人の能力にも疑問を呈するべきだ。なぜコスモクラートはかれを監視艦隊の司令官に任命したのだろうか?〉

その問いに答えることはできなかった。鋭い痛みが脳にはしる。わたしは苦痛の声をあげた。独居者の姿が目の前にぼんやりとあらわれ、すぐ横でジェン・サリクがすすり泣く声が聞こえた。振り返ろうとしたが、四肢が鉛のようだ。膝の力が抜けるのを感じる。

「仲間ふたりがきみたちの肉体を使わせてもらう、深淵の騎士」最長老の声がした。音声なのかテレパシーなのか、それともその両方なのか、よくわからない。わたしは気を引き締め、できるかぎりメンタル安定性を維持しようとした。

未知の意識がするりと入ってきて、手探りするのが感じられた。最初は一体だけで、その思考の断片を読むことができた。

領主ガヴォー、グレイの領主だ。当初は大きな成果をあげたが、その後は敗北し、罰せられたらしい。ホルトの聖櫃に関する記憶の断片があり、わたしは気をそらされた。聖櫃が時空エンジニアの偵察員？

ジェンは知っていたようだ。聖櫃が打ち明けたのだろう。だが、いまは情報交換をしている場合ではない。

頭のなかの圧力が高まっていく。からだが震えていることに気づいた。意識を集中するため、目はとっくに閉じている。横でサリクがため息をもらすのが聞こえた。もうすでに乗っとられてしまったのか？

わたしの意識のなかにべつの意識がもぞもぞと入りこんできた。それらが圧力をかけ、集中的に思念を送りこんでくる。

〈精神ブロックを解け！〉声ではない声がささやく。〈力ずくでこじ開けることもできるが、その場合、おまえの理性は無傷ではすまない。生きのびたかったら、防御するのをやめるのだ〉

全身から汗が噴きだした。額とこめかみに冷たい汗が流れるのがわかる。

〈断る！　いいなりにはならない。わたしを打ち負かすことはできないぞ〉わたしのすべてが叫んだ。この決断にかかっているものの重大さが、超人的なまでの力を発揮させた。あらゆる筋肉と神経繊維が緊張する。意識のあらゆる要素にエネルギーが満ち、侵入者を阻止しようとする。付帯脳も抵抗に参加した。

それでも徐々に抵抗が弱まるのを感じる。グレイ生命と深淵の力に満ちた十数体ぶんの異意識の集合はあまりにも強力だった。メンタル安定性が揺らぎ、崩れはじめる。

ふとレトスのことを思った。かれは近くにいるはず。なぜ介入しない？　どうして助けてくれないのだ？

グレイ領主たちの意識はわたしの思考を認識していない。わたしが急に不安を感じたことにも気づいていなかった。レトスはどこかで、目に見えない罠にかかったのでは？それで救出にこられないのではないか？

衝撃を感じる間もなく、わたしは転送機ドームの屋上の床の上にくずおれた。

第七の時の黄昏

　フィードバックの放出はグナラダー・ブレクを神経質にさせた。かれは制御卓の前に急ぎ、当該領域に数体のサイバネティクスを呼びだした。サイバネティクスはバリア・プロジェクターを展開し、グレイ作用に歪曲されたサイバーランドのミニチュアを孤立させる。フィードバック効果が薄れ、楕円体の揺れがおさまった。

「感謝する」理解不能な構造物は礼をいったが、深淵の独居者がニュートルムに入る道はふさぎつづけた。

　ブレクはあきらめて揺りかごにもどる。自分自身の居住空間に囚われてしまっていた。もっと早く対応すべきだったのに、確信が持てなかったのだ。いまではもう、ちびと楕円体に対する不信が正しいものだったとわかる。次元供給機とコンタクトしたことで真実が見えたから。五回めの物質化でグレイ生物の断片がニュートルムに出現し、そこに居ついたのだ。ブレクは苦労のすえに、施設を破壊的な意志から守ることに成功した。それでも断片は外のどこかにいて、再活性化するチャンスを待っている。だが、そんな隙を見せる気はなかった。すでに個体コードでサイバネティクスに指示を出し、すべてを封鎖してある。どんなものもなかに入れるつもりはなかった。

ちびも楕円体も、そんなことは予測していないはず。自分たちがすべて掌握ずみだと信じこんでいるから。

第六の時の黄昏直前に起きたことを思い返してぞっとする。かれは小ドームを蹴飛ばし、それは制御卓にぶつかって壊れた。だが、ちびは残骸のなかから無傷で這いだしてきて、かれのことを笑い、脅してきたのだ。絶望の狂乱のなか、独居者はちびを追いまわしてようやく捕まえたが、楕円体が介入して無理やり解放させた。それ以後、ちびは楕円体が特別につくりだした壁面の台座の上にすわっている。ブレクは手がとどかない。ちびは状況をどう利用すればいいかよくわかっていて、かれに頭上から侮辱を浴びせかけつづけた。

まだすべての時の黄昏はきていない！　そう思うと、打ちひしがれた気分になる。だが、どちらが忍耐強いか、いまにわかるだろう。

いちばん最近に物質化した物体がモニター上にうつしだされた。ヴァイタル・エネルギー貯蔵庫のミニチュアだ。グレイで、全体にはしるひび割れがはっきりとわかる。サイリンのつくったセグメントはすでにいくつかなくなっていた。

やってきたものはすべてグレイだ。ニュートルムにグレイの断片が出現して以来、グレイのミニチュアばかりだった。

ブレクは施設と楕円体のあいだの通信接続をあらかじめ完成させておかなかった自分に悪態をついた。楕円体の内部からはテクノトリウムに直接連絡をとることができない。そうしなかったのは保安上の理由からだが、いまは後悔している。サイバーランドにいる同胞に気づいてもらえない。なにかがおかしいとかれらが気づくのは、いつになるだろう？　ジャシェムは辛抱強い種族だ。〝壁〟に閉ざされた領域で、忍耐と無関心を学んできたから。

「ばかなやつ！」ちびが頭上から悪罵《あくば》を投げつけた。「なにも知らないんだな。わたしにはわかっている。深淵の独居者ともあろう者が、自分の周囲でなにが起きているか、まったく気づかないなんて！」

「独居者はすべてを見ている」ブレクはつとめて平静な声を心がけた。「外でグレイ領主の意識断片が待ち受けていることも知っている。かれらがどうやって入りこんだかも。おまえが手引きしたんだ。わたしが見ていないところで、楕円体とおまえは物質化に影響をあたえるか、制御していた！」

「なんと賢明な！」壁のどこからともなく声がした。「いい独居者になれるだろう！」

「グレイの独居者だ」ちびが甲高い声でいう。「孤独なグレイ生物！　いや、グナラダー・ブレク、あんたは孤独にはならない。自分の頭のなかでなにが起きるか、知ったらきっと驚くだろう！」

ブレクは答えず、モニターの映像の前にもどった。思い違いだろうか？　それとも、スタルセンはもうグレイになってしまったのか？　危険なグレイ作用の前に、すべては変貌してしまったのか？

サイバネティクスの作業をチェックする。バリアはまだ存在していた。それなのに、生命力のあるミニチュアがグレイ生物に変貌しはじめている。輝く丘とシャツェンも変化を見せていた。もとのままなのはただふたつ、楕円体とちびだけだ。

それが決定的な証拠だった。独居者は考えた。かれらが物質化したとき、なにがあったのだろうか。グレイ生物はかれの下意識の覚醒能力にどこで気づいたのだろう？

スタルセンと創造の山のあいだ、ニュートルムとヴァジェンダのあいだには、ブレクが知らないなにかがある。

「おまえの狙いはわかっている」ややあって、ブレクはちびに向かっていった。「深淵の地を破壊したいのだろう。なにもかも崩壊すればいい、数十億の住民を死に追いやりたいと思っている。それがグレイ生物の意志だから！」

「怪物め！」ちびが叫んだ。「ほんとうにばかだな。わたしの話をぜんぶ忘れてしまったのか？　グレイ生物は語り、ヴァイタル・エネルギーは沈黙するといったのを、おぼえていないか？　〝あるいはその逆か？〟と、たずねたことは？　まともな時空エンジニアもいる、深淵の地で唯一可能な正しいことをする者たちがいる、と話したことは？」

「おぼえている。独居者はなにも忘れない！」

「だったら、いいたいことはわかるだろう、グナラダー。そのまともな時空エンジニアこそ、グレイの領主たちだ。かれらはニュートルムを管理しようとしている。それはあんたも感じてるはずだ」

「そんなことはさせない！」

「いやいや、あんた自身がグレイの領主たちを壁に描いたんじゃないか。それとも、サイバーランドの〝壁〟に描いたんだったか？」

「わたしは後悔している」と、深淵の独居者。「おまえがここにあらわれた瞬間に消去しておかなかったのをな、陰険な模造品！」

「模造品？　模造品だって？」声が大きくなり、最高音に達する。ちびは身を乗りだした。ブレクが待っていた瞬間だ。ひそかに形成していた触手がからだから飛びだし、てのひら大のバッテリーを台座に投げつける。直撃されたちびはバランスを崩し、落下。独居者は瞬時にちびをつかみ、揺りかごに飛びこんだ。同時に活性化命令を出す。フォーム・エネルギーが満ち、ちびはジャシェムの手のなかでもがいた。悲鳴をあげ、あがいて、楕円体に助けをもとめる。

「残念ながら、ちび」かすかに光を放射する構造物がいった。「いまは助けようがないのだ。避難所となる準備をしなくてはならないので」

揺りかごはほぼ完全にフォーム・エネルギーで満たされた。ちびはまだ〝水面〟より上だが、ブレクは腕をさげてぎりぎりまで近づけた。

「やめろ」と、ちび。「わたしは模造品ではない。生物だ。もとの姿にもどさないでくれ。あんたにとってもよくない」

「なんの違いがある？」ブレクはうめくようにいい、手を開いてちびを落とした。

悲鳴が楕円体のなかに響いた。構造物そのものが発した悲鳴だ。外では突然、低い咆哮がニュートルムに響きわたり、氷のような風が深淵の独居者に吹きつけた。かれはちびに視線を向けた。ちびはフォーム・エネルギーのなかに落ちておらず、異質な力で宙に浮いていた。すばやく上昇し、揺りかごから二体長ぶん上に浮遊する。ブレクはその姿を見失った。

「もう遅い！」ちびが勝ち誇っていった。その低い声は外の咆哮にも似ている。「第七の時の黄昏がはじまったんだ、独居者。もうすぐあんたの孤独は終わり、また楕円体から出られるようになる」

「いっただろう？」と、楕円体。「きみは戦いに敗れたのだ。最初からわかっていたこと！」

「たしかに」ブレクが弱々しく答える。「だが、なにがあらわれるにせよ、わたしは揺りかごの遠いほうのはしにすわっている。いずれわたしの言葉を思いだす日がくるだろう！」

そういったのは、モニター上にいきなり映像があらわれたからだった。サイバーランドの一部がうつっている。そこに奇妙な姿が見えた。サイバネティクスからの無言の報告で、それがジャシェム帝国にやってきた深淵の騎士たちだとわかる。

「消せ！」ブレクがサイバネティクスに指示。「もう映像はいい。他愛ない報告をカグラマス・ヴロトに送って、かれの好奇心をひそかに刺激するのだ」

騎士がサイバーランドにあらわれたのはヴロトの行動のおかげだった。

浮遊しているちびの姿を見つめる。輪郭がぼやけ、変化していた。すこしのあいだ透明になり、またはっきりしてくる。

「やっぱりか」ブレクがうつろな口調でいう。「ほんとうはそんな姿なんだな。おまえは生物じゃなく、模造品だ！」

ちびはフードつきの修道服姿を思わせる恰好になっていた。フードのなかでは実体のないグレイの霧が沸きたっている。その外観には見おぼえがあった。目の前にいるのはミニチュアのグレイ領主だ。その瞬間に警報が鳴りだしたときも、かれは驚かなかった。外のバリアが崩壊したのだ。咆哮が大きくなり、ブレクは突然、精神にのしかかる圧力を感じた。物質化がはじまっている。今回ニュートルムに出現したのは深淵の地の一部ではない。深淵そのものの断片だ。あまりにもよく知っている気配でそれがわかった。それはニュートルムの条件とひどく似ていたから。深淵の気配とともに、グレイ領主たちの意識も殺到してきた。五回めの物質化以来、その断片はつねにかれの近くに存在していた。

記憶が曇ってくる。揺りかごが崩壊した。気がつくと、フォーム・エネルギーで満たされていないべつの揺りかごのなかにいた。外の咆哮はまだ、感覚器官の助けもあって、意識のなかに聞こえている。絡まり合った奇妙な思考も伝わってきた。

かれは自分で〝奇襲〟と名づけた出来ごとを思い返した。

＊

奇襲。

思いだした瞬間には、それが不幸な時期の最後の記憶になるとは思っていないし、そうなることを望んでもいなかった。かれはサイバーランドに深淵の騎士がいることを思いださないようにした。情報を伝える気はない。

楕円体が最後にもう一度震えた。深淵の独居者は呪縛されたように、ミニチュア版の一グレイ領主がかれの居場所の壁に向かってくるのを目で追う。その手が壁に触れると、グレイの息吹《いぶき》がひろがった。ちびが消滅して、楕円体の色が変化する。きらめきが消え、グレイのカーテンがおりてきてすべてをつつみこみ、外の施設はもう輪郭もわからなくなった。

「グレイの避難所の受け入れ準備ができた」楕円体がいう。その声はちびのものになっていた。

壁が徐々に透明になる。まるで分解しているかのようだ。外にはグレイの霧がかかり、ニュートルムはなにも見えない。ブレクはまったく見知らぬ場所にいるような気分になった。

頭のなかにちいさなささやきが聞こえる。ひとつのインパルスがかれの意識をとらえて、こういった。

「警戒するな。われわれにはあんたが必要だ。深淵の地はグレイに染まらなくてはならない！」

「だと思った」深淵の独居者は思考で答えた。「だが、そうはならない。おまえたちはそれを実現できないだろう！」

他者の思考に驚愕がひろがり、突然、いくつもの意識が入り乱れた。さまざまな思考が交錯し、ブレクはうめいた。

「どういう意味だ？　あんたの意識のなかに、そんな主張を支持する情報は見あたらない！」

「深淵の地はまもなく存在しなくなる。そういう意味だ！」

笑い声が響く。

「ばかめ！」三十六の声なき声が次々と聞こえる。ブレクはそれを正確に数えあげた。「あんたは夢をみている。いまやわれわれがいるのだ、深淵に吸収されたグレイの領主が。ちびから充分に話を聞いたはず。われわれが時空エンジニアにとってかわり、深淵の地は存続する。グレイになって存在しつづけるのだ！」

ブレクは気力が萎えるのを感じた。なんとか気分を高揚させようとしたが、うまくいかず、異意識に対する内面的な抵抗をあきらめる。だが、反応はない。かれらはそこに生じた空白を占拠しようとしなかった。

「あんたはグレイ生物にはならない」ようやくゲリオクラートの最長老と称するグレイ領主の声がいった。「不可能だ。ニュートルムで生きのびるための、あんたの能力が妨害するから。われわれが精神を乗っとっても、あんたがグレイ生物に変貌するわけではない！」

深淵の独居者はほっとした。同時に、用心深く守っていた思考を解放してしまう。それがグレイの領主たちをあらためて驚かせた。

「さらなる物質化？　それはニュートルムの破壊につながるではないか！」

グレイ領主たちの意識がおおいかぶさってきて、ブレクは気を失った。再浮上するのに長い時間がかかるが、その余地は領主たちがのこしていた。目ざめると、助修士長と称する者が、かれのなかの混乱した多数の意識の代表になっていて、こういった。

「もう物質化は起きない。あんたの下意識の凶運は癒しておいた」

「つまり、おまえたちのような者が深淵からニュートルムに入りこむ可能性はなくなったということか？」

「そうだ。ただ、われわれはすでに入りこんでいる。楕円体がグレイ生物の飛び領地となるだろう。われわれはここが気にいったし、ニュートルムの機能は飛び領地の影響を受けない」

「おまえたちはまだニュートルムが必要だということか！」

「とても必要だし、あんたのことも必要だ、グナラダー・ブレク。グレイの国において、深淵の独居者の役割は重要だから。時空エンジニアがすべてグレイ生物になったら、コスモクラートも深淵に関わるのを尻ごみするだろう」

「トリイクル9再建はどうなる？　深淵に課せられた任務は？」

それに対する返答はなかった。グレイの領主たちは手の内を見せようとしない。だが、時がたつうちに、かれらの思考のなかでもあまり厳重に防護されていないものをいくつか瞥見《べっけん》することができた。だから、かれらの計画や、ほかのグレイ領主……任務を成功させ、深淵に吸収されることのなかった者たち……との関係もわかってきた。

ブレクは驚くべき速さで、三十六の意識が宿ったおのれの肉体に慣れていった。狂気におちいることもなく、ときには現状を楽しみさえした。かれはその理由を、ニュートルムが自分の心を変化させたからだろうと考えた。そうでなければこんな奇襲に耐えられたはずがない。心を破壊され、死んでいただろう。

なにも考えられず昏睡のような状態になる時間が、徐々に長くなった。グレイの領主たちはブレクの肉体を利用していたが、かれを機能させておくには自由をあたえる必要があることも理解していた。いつかかれの知識が必要になるだろう。

だから、かれらはブレクに自由に回想させた。ブレクは時の黄昏を回想し、これまでの多くの出来ごとを思い返し、奇襲がなにをもたらしたかを知った。かれはつごう三十七の意識を宿した存在となった。それらはひとつをのぞいてすべてグレイだ。

そして、フルジェノス・ラルグとコルヴェンブラク・ナルドがやってきたのだった。グレイ意識たちは深淵の騎士がサイバーランドにいることをとっくに知っていて、決定的行動に出る。ブレクがニュートルムにもどったとき、異意識は三十四に減っていた。ふたつが両テクノトールに乗りうつったからだ。

深淵からきたグレイ領主たちの計画がうまくいけば、状況はこのままつづくはず。

深淵の独居者は自分の領域の設備を制御していたが、次元供給機とだけは距離をとった。グレイ意識を寄生させたまま近づくのはあまりに危険だったから。かれの回想はだんだんと現在に近づいていた。やがて記憶が完全なものになると、領主ガヴォーの意識がインパルスを発し、ふたたび時がきたことを告げた。ブレクは転送機を作動させ、移動する。

「深淵の騎士がここにいる」グレイの領主たちがいった。「ふたりだけだが！」

ブレクの最後の思いは勝利感に満ちていた。

5

なにが起きているのか、正確にはわからない。意識がもどるたび、わたしは自分が長いあいだ気絶していたと思った。慎重に手探りすると、メンタル安定性は破られていない。わたしのなかで異意識たちは暴《あば》れまわり、ありとあらゆる命令と脅迫をぶつけてきた。

「細胞活性装置をとりあげろ」すでにコルヴェンブラク・ナルドではなくなったジャシェムの声が遠くに聞こえた。「緩慢な死をあたえるのだ！」

そのときようやく、自分が床に横たわっていることに気づいた。短い思考命令をティランに送る。防護服を開くためではない。両手首から二挺《ちょう》の分子破壊銃があらわれた。深淵の独居者に発砲するが、わざと狙いをはずす。それでも相手は反射的に跳びのき、プシオン性の攻撃が一瞬とぎれた。わずかなあいだ、異意識たちがしりぞく。

温かさがわたしのからだをつつんだ。それが精神を守る防御オーラとなり、突破できない壁をつくる。次の精神攻撃はそこにぶつかり、跳ね返された。わたしはほっと息をついた。

テングリ・レトス＝テラクドシャンにちがいない。不可視になったまま介入したのだ。わたしは目を開き、よろめきながら立ちあがった。周囲は死んだようにしずまりかえっている。ジャシェム三名は凍りついたように動かない。異意識がふたたび侵入を試み、わたしは痛みを感じた。分子破壊銃を収納した。

〈感謝する、テングリ。そのまま姿をかくしていろ！〉

〈敵はわたしを攻撃しようにも、位置をつかめずにいるのだ〉レトスからテレパシーで応答があった。〈心配はいらない。すぐに助けがくる！〉

頭にかかっていた圧力が消え、思考が明瞭になる。ジャシェムたちも動きだした。

「思った以上に頑強だな」と、深淵の独居者。「グレイ生物となることの利点を説いてもむだらしい。力ずくでいくしかない。きみたちの意識はいずれ不必要になるから、壊れてもかまわないだろう。肉体は宿主となり、精神はゆっくりと死んでいくのだ」

かれはフルジェノス・ラルグとコルヴェンブラク・ナルドに向きなおった。

「このふたりをニュートルムに連れていく。かれらはそこでは生きられないが、避難所を用意してある。最初に物質化したものの一部で、そのなかでは深淵作用が有効になっている。このグレイ領域に入ったら、深淵の騎士はおしまいだ。目に見えない助力者も、そこまでは追ってこられない！」

どうやらレトスがここにいることはわかっているようだ。ただ、手を出せないだけで。わたしはジェン・サリクを助け起こした。テラナーは青ざめていたが、表情には自信が感じられた。

「まだ時間はあります」と、低くうめくようにいう。

屋上の中央に、きらめくエネルギー・フィールドがどこからともなくあらわれた。ラルグとナルドが力強い腕をのばし、われわれをそちらに押しやる。

転送フィールドだ。どうやら独居者はそれを使って、転送機ドームやサイバーランドとコンタクトしているようだった。

われわれはテクノトールにしがみついたが、かれらのほうが力は強く、さらに押しやってくる。飛翔装置や個体バリアは無効化されていた。分子破壊銃などの武器も、たぶんもう効果はないだろう。

突然、足もとの床が揺れ、影がひとつ飛びだしてくる。巨大な影は雷鳴のような声を発した。

「アトラノス！」ハルト人が叫ぶ。「助けにきたぞ！」

ドモ・ソクラトがジャシェム二名に突進し、跳ねとばす。わたしはかれに声をかけようとしたが、そのとき転送フィールドのうしろに黒い箱が出現し、両ジャシェムのからだを緩衝フィールドでそっと受けとめた。同時にアバカーとレトスの姿が見えるようになる。レトスはずっとサリクのすぐそばについていたようだ。

「レトス、ジェン、アトレンタ！」ボンシンの甲高い声がして、わたしはいぶかしんだ。われわれ三名の騎士の脳内からでないなら、つむじ風はどこでチュルチのいいまわしを知ったのだろう……「急いで！」

ボンシンがその場に立ちすくみ、うめいた。同時に両テクノトールがくずおれる。

〈つむじ風が攻撃された！　真に危険なのはかれだと気づかれたのだ！〉

「レトス！　つむじ風を守れ！」わたしはそう声をかけた。

われわれは無力だった。敵の攻撃は、われわれのときと同じくプシオン平面上でのものので、防御バリアでは防げない。グレイの領主たちはニュートルムの、すなわちジャシェムの技術を利用していて、攻撃力は圧倒的だった。わたしは即座に、ここでは不利だと悟った。深淵の地でグレイ生物と戦うのはボンシンの領分で、若いアバカーはこの瞬間、まちがいなく自分の家族と種族のことを考えていた。

レトスが意識を集中しているのが見えた。つむじ風の近くにすばやく移動し、肉体を接触させる。ボンシンの耳が震え、勝手に動きだした。悲鳴があがる。もうどうにもならないようなので、わたしは脱出方法を考えた。そのとき、ホルトの聖櫃の声が頭のなかに響いた。

「つむじ風は耐えられる、アトラン」と、時空エンジニアの偵察員。「ヴァイタル・エネルギーをいっぱいまで充填したし、作業に集中できるよう、レトスがかれの意識をバリアで守って強化している。わたしもこれから介入する！」

漆黒の箱が暗い輝きをはなった。三つの深淵法が保管されたらせんの上に、黒い電光がひらめく。雷鳴がとどろき、ふたたび足もとの床が震えた。風が巻き起こり、屋上を吹きすぎてわたしの髪を乱した。

「深淵への道が開けた」と、ホルトの聖櫃。

「わたしも感じた」と、レトス。「まだ戦える！」

まだ戦える。わたしは過去の同じような状況を思い返し、叫んだ。

「つむじ風！　ヴァイタル・エネルギーをいっきに放出しろ！」

アバカーに伝わったかどうかはわからない。独居者が動きだしたのが見えただけだ。ぐらついて、向きを変え、引っくり返った。

「いまだ！」聖櫃が叫ぶのが聞こえた。

つむじ風が棒立ちになった。からだが跳ねあがり、ふたたび両足で着地する。精神的な負担の大きさを物語っているようだ。

「父さん！」ボンシンが叫んだ。「母さん！」

独居者は床の上で痙攣《けいれん》している。数十の意識の精神的な悲鳴がとどいた。領主ガヴォーの思念らしいものも感じる。かれは不死の肉体を渇望し、憤怒に囚われていた。

そうした思念が徐々にしずかになり、消えていった。レトスが身を乗りだしてボンシンを抱きとめる。アバカーは意識を失ってくずおれた。

「終わった」と、ホルトの聖櫃がいう。「グレイ領主たちの意識は宿主の肉体から追いはらわれ、最終的に深淵に投げこまれた。以前の通路はもう存在しない。もどってくる可能性はないということ。かれらは永久に深淵にとどまるしかない！」

全員が安堵の息をついた。ボンシンに近づいてみたが、身動きしていない。ドモ・ソクラトはずっとテクノトール二名の面倒を見ていた。聖櫃が浮かびあがり、深淵の独居者の上で静止した。

「グナラダー・ブレク！」精神の声が聞こえた。「目をさませ。時空エンジニアの偵察員から、きみに話がある！」

＊

ラルグとナルドはすでに意識をとりもどし、深淵の独居者の世話をしていた。ニュートルムに住んで種族の遺産を守ってきたジャシェムが回復するには、しばらく時間がかかりそうだ。グレイ軍団によるサイバーランドへの脅威はまだそのままで、われわれは気が急《せ》いていた。ようやく立ちあがれるようになった独居者は、第二の視覚環をつくりだした。

「〝かれ〟は感謝している」もとの三人称にもどっていた。「きみたちの介入がなければ災厄をとめることはできなかったろう！」

「われわれがサイバーランドにきたのは偶然だ」わたしは説明した。「カグラマス・ヴロトの好奇心がなければ、ここにくることはなかった！」

「ヴロト！」その名前が記憶を呼びさましたようだった。「ヴロトといったか、騎士アトラン？　ヴロトはいまだに深淵の地のことを気にかけている唯一のジャシェムだ。ほかのジャシェムすべてを合わせたよりもよく考えている。〝かれ〟がいなくなったとき、ヴロトの意識は重要なものになる！」

「ヴロトが？」ラルグとナルドが声を合わせていった。「かれが後継者になるので？　深淵の独居者に？」

「まだずっと先の話だ。あれこれ考えるにはおよばない！」

「ニュートルムでなにがあった？」レトスがたずねた。

「長い話になる」と、ブレク。「過ぎ去った過去の物語だ。グレイ領主たちの意識がニュートルムに侵入したことは、物語のエンディングにすぎない。〝かれ〟はその影響を受け、ニュートルムの設備を使って〝壁〟を不安定化させ、グレイ生物が入りこめるようにしてしまった。できるだけ早く復旧させるつもりだが、それでも数日はかかるだろう。それまで待ってもらわなくてはならない！」

ふと思いついたことがあった。深淵定数の上にある施設のことを聞いて以来、そこを訪れ、その機能を知りたいと思っていたのだ。あとできっと役にたつはず。わたしだけでなく、全員にとって。

「同行しよう」わたしがそういうと、独居者はゆっくりと、揺らめく転送フィールドのほうに後退した。

「それは無理だ。認められない。ニュートルムで生きのびられるのは、孤独を受け入れ、深淵定数の上の奇妙な条件に適応する準備ができているジャシェムだけだ。深淵の騎士よ、ニュートルムには……〝かれ〟ができるだけ早く廃棄するつもりでいる楕円体をのぞいて……グレイ作用が存在しない。だが、きみたちの助けとなるヴァイタル・エネルギーもないのだ。感謝の念は大きいが、同行させることはできない」

「わかった」サリクがしぶしぶという声でいった。「同行するのはやめよう」

独居者はもう一度われわれに感謝を述べ、揺らめくフィールドに踏みこんで姿を消した。直後にフィールド自体も消える。ニュートルムとの接続はもう存在しない。

われわれは転送機ドームをくだりはじめた。意識のないアバカーはソクラテスが運ぶ。正気にもどったラルグとナルドは感謝の言葉をつぶやき、今後はできるかぎりわれわれを支援すると約束した。

サリクはようやく時間を見つけ、逃走したあとホルトの聖櫃とどんな経験をしたかを話してくれた。わたしは時空エンジニアの偵察員が語った内容を詳細に聞くことができた。レトスもドームの屋上で、短時間だが聖櫃と接触していた。

だが、聖櫃もまた消えてしまった。いつものように、別れの挨拶もなしに。

反重力シャフトの下ではジャシェムの一団が待っていた。かれらはラルグとナルドとの再会をよろこび、状況の変化をおとなしく受け入れた。

ただ、われわれとジャシェムのあいだに最終的な決着がまだついていないことはわかっていた。

＊

「それですぐにスタートしたのさ！」

つむじ風が四本の腕を振りまわしながら話している。頭をはげしく揺するので、大きな耳がひらひらと前後に動いた。もう自分の足で立っているが、消耗していて弱々しく見える。当面、プシ・エネルギーの力を使うのは無理だろう。

ラルグとナルドはサイバネティク車輛を呼びよせ、われわれをテクノトリウムまで運んだ。急いで例のさいころに入ると、なかはとてもしずかだった。戦闘音はどこからも聞こえてこない。

分岐のところにいたジャシェム二名がこちらを見つけ、近づいてきた。カグラマス・

ヴロトとフォルデルグリン・カルトだ。ラルグとナルドを見てためらっている。

「もうだいじょうぶだ！」わたしがそう声をかけると、両名は急いでやってきた。われわれは転送機ドームでの出来ごとを説明した。

「じつにうれしい」カルトがすぐにそういった。「〝かれ〟とヴロトはほとんどのジャシェムに、あなたたちが友であることを納得させた。ラルグとナルドが影響を脱した以上、最後まで疑っていた者たちを説得するのもかんたんだろう！」

両ジャシェムはわれわれにさいころのなかを案内し、空洞球への通路まで連れていった。そこではサイバネティクスの手助けで、無重力状態でも方向を見失わずにすむ。ジャシェムたちはわれわれに、自分たちの討論に参加できるのは大変な名誉だといってはばからなかった。ジャシェム帝国でそのような例は過去にないそうだ。われわれもまた、あれほどの混沌状態を見たことがなかった。結果は満足できるものだったが。

こうしてジャシェムはわれわれに協力することになった。傲慢さが影をひそめることはなかったが、かれらもグレイ領主たちとの戦いに立ちあがると決めたのだ。敵はいくつかの方面からテクノトリウムに向かってきていた。

われわれのほうも、このあらたな同盟者が深淵の地から脅威を追いはらうだろうと確信していた。ジャシェム帝国が深淵でもっとも重要な地とされるのには、それなりの理由があるのだ。

深淵の独居者もわれわれに協力し、〝壁〟をふたたび安定させるために全力をつくすだろう。これはジャシェムにとって、長らく待ちわびた最高の知らせだった。時空エンジニアとその失敗のことさえ、数時間ほど忘れたくらいだ。

「またいつものように、ちょっぴり未来への希望ができたね」空洞球を出てさいころに向かう途中、つむじ風がいった。「ぼくらがつねに希望と希望をつないできていることに、だれか気づいてる？　まるでロープが切れかけたり、すでに切れてしまったりした吊り橋を補修するみたいにさ」

「年齢を重ねた知恵の言葉がきみの口から出るとはな、ちいさいの！」ドモ・ソクラトが大音声でいい、全員がいっせいに笑った。「グナラダー・ブレクから後継者はだれがふさわしいかと訊かれたら、きみの名前をあげたいところだ、ボンシン！」

「わたしは？」女玩具職人が声をあげた。「だれもわたしのことを考えていないの？　こっちを見て！」

「美貌よりも年の功！」ジェン・サリクがにやにやしながら、テラナー特有の両義的なユーモア感覚を見せた。「サイバーランドでもその原則は変わらない！」

テクノトリウム攻防戦

ペーター・グリーゼ

1

領主ムータンの回想

わたしは憤慨した。

永久に消えてもらいたい深淵の騎士たちでさえ、わたしの肉体に満ちている怒りは正当なものだというだろう。かれらのいう意味での肉体は持たないから、この比喩はふさわしくないが。わたしはそれ以上の、もっとすばらしいものだ。わたしの目標はより明確であり、かれら、騎士たちなど、誤った目標に向かう小物にすぎない。かれらは独立性を放棄している。

わたしは断じてそうではない！

わたしの怒りは正当なものだが、長くはつづかないはずだった。わたしは義務として、また個人的な目標を追求するために、ニー領に帰還し、ほかのグレイの領主たちになりゆきを報告した。有益な助言とねぎらいの言葉を期待していたのはたしかだ。もちろん、なにもかもが〝上級領主たち〟の望んだとおりに運んだわけではない。それでもかれらの冒瀆《ぼうとく》的な態度は許せるものではなかった。報告を曲解し、わたしが敗北したと非難したのだ。

わたしにそんな態度をとった者こそ罰せられるべきだ！

呪わしい深淵の騎士ならば、こうコメントするかもしれない……なにもしない者は勝手なことがいえる、わたしは火中の栗をひろったのだ、と。まだ抵抗をつづけている深淵の地にグレイ作用をもたらそうとしたのだから。

わたしの計画を知らないニー領の領主たちは驚くだろう！　わたしがどのような者なのか、かれらははっきりとわかっていない。すべてを知られていないのはいいことだ。

「かれは夢をみているようです」聞き慣れない声が思考を乱した。考えを最後まで押し進めるまでは、よけいなものにじゃまされたくない。より早く、より確実に目的を達成するため、最新の状況を考察しなくてはならないのだ。

「待て、スパイ！」これはブハルだ。知覚をすべて開かなくてもわかる。かれの声もじゃまだった。わたしは感覚を遮断し、考察をつづける。

わかってみれば愚劣きわまるやつらだ……無能な上級領主という存在は。わたしの出した結果が失敗だと！　ふん！　自分たちは深淵の騎士とも、騎士たちが協力者にしている下賤な生命体とも戦わなかったくせに！　あるいは、〃壁〃の内側で技術とサイバーモジュールを使って要塞を防御しているジャシェムとも。

この怒りは正当というだけではなく、必要なものでもある。わたしを一直線に目標へと駆りたて、きびしい現実を直視させてくれるから。

わたしを、領主ムータンを足蹴《あしげ》にしようとする者は、足蹴にし返されるのだ！

かれら上級領主たちは、わたしを足蹴にした。深淵の騎士たちも同様だ。

ニー領の領主たちは恩着せがましく、まだチャンスはあるという。自分の価値を証明し、グレイを最終的な勝利に導けばいいと。

ブハルがまた思索のじゃまをした。わたしに話しかけようとする男を押しとどめている。周辺知覚でそのことがわかった。ブハルはよくやっている。もしまたミュルズ＝2がしくじったら、かれの部隊をブハルにまかせてもいいかもしれない。

グレイ領域はジャシェム帝国を包囲した……ほぼ完全に。ちいさな隙間はいくつかあるが、たいしたことではない。それをなしとげたのはだれか？　わたしだ！

ニー領のおろかな領主たちは、わたしがかれらのために働いていると思っている。実際には、わたしはふたつの目標を追っていた。グレイ作用と、自分自身だ。

グレイはすばらしい！

だが、わたしはもっとすばらしい。ニー領のグレイ議場に座する日も遠くないだろう。

そこでひと息ついて指揮をとり、権力を振るうのだ。そうなれば、高地とのつながりはなくなる。深淵の者たち全員がわたしの命令のままだ。その支配から逃れることはだれにもできない。

そうとも知らず、ニー領にいるばかどもは気前よくわたしに〝執行猶予〟をあたえた。いずれ驚くことになるだろう！　かれらにその機会があればだが。

「もう待てません」さっきの声がわたしの思索をまたしても妨害する。こいつは排除することにしよう。そう思い、ちらりとそのオーラを見て驚いた。完全なグレイではなかったから。

だが、いまはその問題に深入りすべき時ではない。わが主力部隊の指揮官二名、ミュルズ＝2とブハルが必要な準備をととのえている。じゃまが入らないよう確実を期してもいるはず。だからブハルがここにいるのだ。

その準備の大半はグレイの大軍の編成に費《つい》やされた。ジャシェムの帝国であるサイバーランドを陥落させなくてはならない。これは二重に意味のあることだった。第一、ニーの領主たちのいう〝執行猶予〟対策として。第二、自分の目標を達成するための決定的な一歩として。サイバーランドはグレイ化しなくてはならない。なぜなら、深淵の技術者であるジャシェムをグレイ化しないかぎり、成功はおぼつかないから。上級領主たちはおろかにも、わたしがこの勝利を自分のために利用しようとしていることに気づいていない。

ジャシェムの万能な技術力がわたしのバックについたなら……近い将来そうなるのは確実だが……ほかのグレイ領主たちは、だれもがもとめるグレイ議場の座をわたしが占めるのを阻止できなくなる。あとはすべて時間の問題だ。もと時空エンジニアだった面倒な連中は、ジャシェムの技術力で消去するか、無力化するか、屈服させればいい。

そうとも、ニー領の領主たちよ。自身の光の肉体で体験するといい。ムータンが何者であり、どのように行動するのかを！

ニー領でなにかが決まるのは、いまもグレイ議場においてだ。決断が出るまでには長い時間がかかっている。そのすべてが変化するだろう。ここにわたし、ムータンがいて、決定権を握ろうとしているから。

「もう話してもいいですか？」未知の声にはいらだちがにじんでいた。またしてもじゃまされたわたしは、思索が終わったら声の主にきびしい罰をあたえようと決意する。

上級領主たちはわたしを脅迫しさえした。こんど結果が出せなかったら〝深淵に吸収されることになる〟といったのだ。わたしがグレイ作用をどれほど広範な領域におよぼしたかには目を向けようともしない。脅迫はまるで最後通牒《つうちょう》で、次に深淵に吸収されるのがわたしだということを疑う者はいなかった。

いっそ高地に消えてしまえ。そのほうがかれらにはかんたんだろう。そこにはムータンのような大物は存在しないから。

「かれは間違っています」聞き慣れない声がまたしてもじゃまをする。

「黙って待っていろ！」ブハルがいうのが聞こえた。

わたしはスタルセンの最長老と助修士長をどちらも深淵に吸収させた。それは必要なことだった。どちらも失敗したから……わたしと違って。それなのに、わたしはニーの領主たちからの非難をじっと聞いていなくてはならなかったのだ！

吸収された者たちがどんなふうに存在の終焉を迎えるか、考える理由などない。あとになにもつづかない、完全な終わりなのはたしかだろう。わたしとしては、不愉快な敵を遠ざけ、排除するために利用しただけだ。スタルセンの領主二名は排除された。二度とあらわれることはあるまい。

「それも間違っています」いらだたしい声がいう。どうしてブハルはかれを黙らせておけない？　すこしだけ感覚を開くと、声の主がサイという名であることがわかった。サイの命はここまでだ。わたしの怒りに水をさした以上、罰が必要になる。思索はまだ終わっていない。

たしかに、ニーの領主たちのあいだでわたしの評判は……わたしについてだけ！……傷ついている。すくなくとも、創造の山をめざして光の地平のまわりに集まり、わたしの行動を見張っている怠惰なばかどものあいだでは。

ああ、名ばかりの領主たち！　グレイ作用を正しく理解していないから、ムータンのなかにどんなエネルギーが眠っているかわからないのだ！

わたしが深淵に吸収されることはない。深淵になにを吸収させるか、わたしだけが決めるようになる日が近づいているから。あと必要なのはグレイになったジャシェムだけで、その問題も解決可能だ。

「そのとおりです！」サイが出しゃばって口をはさむ。

「しずかにしていろ！」ブハルが叱責した。

ま、いい。傷ついた評判を回復する準備はできている。ただ、これはグレイ議場にいる高慢な領主たちにいわれたからではない。わたしがそう望んでいるのだ！

きっとうまくいくだろう。グレイは勝利する。わたしとともに！

ミュルズ＝2とブハルはすでに〝壁〟の近くに部隊を展開していた。ほかにも七名の助力者がニー領から部隊を派遣したはず。ブハルとミュルズ＝2には競合相手がいるということ。それが刺激となって、あらたなエネルギーが解放されるだろう。

〝壁〟がわたしにとって決定的な障壁ではないと知ったら、深淵の技術者たちは驚くにちがいない。

「それはいずれわかるでしょう」サイがいい、わたしはいますぐかれを殺したくなった。

「しずかに！」ブハルが両方の口でいう。

わたしはなにかに憑かれたように武装し、それをそのまま維持していた。サイバーランドは広大だ。グレイ領域のあいだにある隙間もちいさくはない。ウー種族は〝壁〟破壊の技術的問題にとりくんでいるし、七百三十万を超えるソルジャーとほぼ同数のラタンがグレイの大軍を支援し、サイバーランドの包囲網を完成させようとしている。まだいくつか隙間はのこっていて、ミュルズ＝2が調査しているが、成功は約束されたも同然だった。

成功は力の源であり、力こそわたしがもとめるものだ。

ふと、一時空エンジニアだった過去の自分を振り返り、身震いする。当時のわたしはグレイ作用の有用な面をなにも知らなかった。なんとおろかだったことか！

部隊の準備はできた。ジャシェム帝国をかこう〝壁〟は崩壊するだろう。ウー種族は技術的手段とプシオン的手段で突入しようとしていた。〝壁〟はプシオン・エネルギーでできているが、同時に五次元および六次元構造の要素もある。そこに穴を穿《うが》つ手段をウー種族が見つけるだろう。それがうまくいかなくても、手はほかにもいろいろあった。

「あるかもしれない、もしかしたら」サイがいったが、ブハルはとめようとしなかった。声がわたしのテントのエネルギー・カーテンをかんたんに通過してきたことに驚きを感じる。思索が終わったらその点を問いただしてみよう。

〝壁〟が崩壊する可能性があると思える理由は、わたしの無尽蔵な力だ。グレイのなかに真実を見いだした、かつての時空エンジニアの力。わたし個人のグレイ・エネルギーの前では、ほかの力などどれもかすんでしまう。

「ふむ」と、サイ。「そうかもしれないし、そうでないかもしれない」

かれはとうとうわたしの注意を引いた。くわえて、思索が完了したこともある。わたしはすべての可能な感覚を周囲に向かって開いた。

わたしがいるのはグレイ・テントのなかだ。移動式の技術司令スタンドで、ここからすべての行動と防御が可能になっている。部隊にとってはわが力の象徴だ。周囲からは不可視のエネルギー・カーテンで隔てられ、わたしの姿は見えない。それでもわたしが望んだとおり、向こうにこちらの存在は感じられる。

知らない男が主力部隊指揮官ブハルの横に立っていた。エネルギー枷《かせ》で拘束されている。勝手に話すのを許されているのが驚きだった。まだグレイではないが、すでに影響は受けていて、完全にグレイ化するのは時間の問題だ。

その男サイは長身瘦軀《そうく》で、いまいましい深淵の騎士を思い起こさせた。ただ、両腕がなく、精神も弱い。たいした敵にはなりえなかった。無毛の皮膚はブルーグレイで、しわがない。ブルーの色みはいずれ消えてしまうだろう。

サイの思考を探ると、すぐには解釈できない謎めいた雰囲気があった。特殊な存在だとはっきりと感じられる。ブハルもそれに気づいたのだろう。そうでなければ囚人を直接わたしのグレイ・テントに連れてくるはずがない。

かれを罰する、あるいは殺すつもりだったことは、意図的に忘れた。グレイ・テントに思念を送ればエネルギー・カーテンが開き、力を自由に外にのばすことができる。わたしは気づかれることなく、意識でサイを探った。

かれの肉体はきわめて複雑な構造だった。その精神は温かな誠実さをはなっているが、同時に孤独で、見捨てられたと感じている。わたしはかれに自由に話をさせることにした。

「サイ」と、思念を相手に聞こえるかたちにする。「話せ！」

「あなたの主力部隊指揮官ブハルは、わたしをジャシェムのスパイだと思っています。ですが実際には、最近の大規模な種族放浪ではぐれてしまったんです」

わたしはふたたび〝壁〟の崩壊について考えをめぐらせるが、それでも返事することにした。話を聞いたうえで、自分にとってなにが必要かを考えて行動するのはむずかしいことではない。

「おまえはずうずうしすぎる」

「その点は見逃してください、領主」サイが平然と応じる。「もう失うものがなにもないせいです。いったとおり、ブハルはわたしをジャシェムのスパイだと思っています。

ですが、わたしはジャシェムを見たこともありません。深淵の地の、まったくべつの場所からきたのですから。オモレ人の地の転送機ドームが作動して、偶然ここに飛ばされたんです。最後にのこったオモレ人三名はばらばらになりました。もうアトとジェに会うことはできないでしょう。わたしの孤独を理解してもらえませんか？」

わたしはなにもいわなかった。かれがまだ話しつづけていたから。注意力の一部を使い、サイの言葉の真実性を調べる。疑問点は見あたらない。

「失われた種族の最後の一名として協力させてください、偉大なグレイの領主。わたしなら、あなたの知らないことができます。役にたちますよ。わたしは〝見者〟なんです」

見者？　その言葉の意味をサイの頭からとりだす。プシオン性要素の一種で、論理によらない真実発見能力を持ち、関連性を本能的に理解するらしい。わたしの思索に対する生意気な発言も、それなら納得がいく。驚くべきことに、サイ自身は自分がなにをとらえ、考え、推論して伝えたか、まったく理解していなかった。生体自動システムのように機能しているのだ。

「領主ムータン！」ブハルが直接、訴えてきた。ここにわたしがいるのは知っているが、見えてはいない。「こいつはスパイです！　わが部隊が〝壁〟の近くで捕まえました。転送機を通ってきたとは思えません。その場合、転送機のそばにいるはずですから。ほかにも奇妙なことがあります。影がないんです」

深淵の地の光源は固定していないので、くっきりした影はできない。生物や物体の近くに、ぼんやりと暗い部分が見えるだけだ。

精神命令でグレイ・テントから光を投げかける。サイにはそれがなかった。

それでも背後に影はできなかった。サイはじつに特殊だ。光は〝腕なし〟を照らしだしたが、〝壁〟の破壊に利用できるかもしれない。

「それはないでしょう」自動的に応答があった。なんとも驚くべきことだ。サイはわたしの思考を読みとり、それに対する評価を口にする。「ですが、わたしはあなたが真実を知る手助けができます」

「それは自力でやる」わたしは不機嫌に答えた。「ジャシェム帝国をかこむ〝壁〟を破壊する方法を教えろ！」

「あなたならできる、ということしかわかりません」

わたしはサイが気にいった。害もないので、当面、そばに置いておくことにする。ブハルに指示してエネルギー枷をはずさせ、解放した。

「いっしょにいろ。〝壁〟を破壊する方法を探す手助けをしてもらう」

「わたしはあなたの忠実なしもべです、偉大なグレイの領主」腕なしがいった。

2

領主ムータンの回想

四日後。

わたしはミュルズ＝2をグレイ・テントの近くに呼び、じゃまが入らないようにして話し合った。進捗《しんちょく》が遅すぎると感じたから。結果が出ていないとか、〝壁〟を突破する決定的な方法を発見できそうにないとかいうことを認めるつもりはなかったが、いまはサイという査定者が仮借なく事実を摘示《てきし》してくる。本能的な言葉で〝真実〟を指摘するのだ。

オモレ人はつねにわたしのそばにいた。グレイ・テントの保管庫にあった装置をあたえ、指揮官たちにはその姿が見えないようにしてある。この装置〝リフレクスト〟にはほかにも機能があって、サイと部隊の者たちとのコンタクトを阻害する。腕なしのオモレ人がほかの者たちと話をするのは不都合だ。グレイの大軍の士気をさげかねない。

サイはこの第二の機能に気づかないか、気づいてもそのまま受け入れていた。

ミュルズ＝2はがっしりした体格で、見る者に畏怖の念を呼び起こす。四本の腕には筋肉が盛りあがり、スチールグレイの目は射抜くようで、迅速な反応はかれを理想的な主力部隊指揮官にしていた。巨体だが、足どりはすばやい。最新の技術装置にはたよりたがらないが、じつはさまざまな安全装備をからだじゅうに装着しているのをわたしは知っている。四本脚のそれぞれに駆動システムをかくしていて、危険地帯から電光のようにすばやく脱出できるのだ。

ただ、かれの本領はべつの方面にあった。

ミュルズ＝2はたよりがいのある戦略家なのだ。かれ単体の能力ではなく、アメルジェクと呼ばれる半知性体と一種の共生関係にあるせいだ。アメルジェクは宿主を刺激する精神インパルスを間断なく発している。アメルジェクがいなければ、ミュルズはただの強靭《きょうじん》な兵士にすぎなかったろう。そのことはかれもよくわかっていて、共生体をなによりもだいじにしている。ミュルズという自分の名前のあとに〝2〟をつけるほどだ。

ミュルズ＝2が部下たちにアメルジェクを見せたことはない。グレイの大軍の兵士のほとんどは、共生体の存在も、その能力も知らないだろう。共生体は指揮官の戦闘コンビネーションと皮膚のあいだのどこかにいるが、からだがちいさいので問題はない。

〈かれが真実を話していないときだけ報告しろ〉と、声を出さずにサイに指示する。

〈おまえの存在はだれにも知られたくない。ブハルほか、いままでに会った者たちにと

って、おまえはもう存在しない〉

同意のインパルスが送られてきたので、わたしは注意をミュルズ＝2に向けた。

主力部隊指揮官は努力の成果を彩色ディスプレイに表示した。もっとも目立つ太い輪は〝壁〟をあらわしている。輪の内側がサイバーランド、ジャシェムの帝国だ。その中心にはテクノトリウムがマークされている。転送機ドームとヴァイタル・エネルギー貯蔵庫とコミュニケーション・センターからなる、帝国の心臓部だ。

このテクノトリウムこそわたしの真の標的だった。もと深淵の技術者の力を最終的に打ち破れるのはそこしかない。

画面にはほかにも、わかっている工場がすべて表示されていた。当然、それでぜんぶではない。〝工場〟と呼ばれる技術制御設備は帝国全体に散らばっているから。黄色い輪郭でかこまれたグリーンの点のひとつは大気工場で、南の境界付近に位置し、いまわたしがいる場所からいちばん近い。

ただ、これではジャシェム帝国の広大さはわからない。ミュルズ＝2もその点を指摘した。そのあいだわたしは輪の外側、影をつけた部分を調べていた。グレイ作用がすでに支配した地域だ。

主力部隊指揮官がなにかいう前に、サイが思念を送ってきた。

〈見てのとおり、わが領主、あなたの推測は真実ではありません。グレイ作用のおよんでいない地域は予想以上に広大です。このグレイの輪が完全に包囲しないかぎり、実際に〝壁〟を破壊することはできないでしょう〉

〈ほかにも手はある〉わたしは冷たくいいかえした。

「われらが大軍は精強かつ大規模で」ミュルズ＝2はデータを画面に表示した。「突撃を熱望していますが、〝壁〟は揺るがないでしょう。相手のほうが強力ですから。〝壁〟の外の戦略的に重要な地点に突撃部隊を配備するには、あらたな指揮官と部隊が到着したいまでもまだ不充分です。グレイ作用の拡大も緩慢で、場所によっては縮小しているほど。そうした場所ではジャシェムのヴァイタル・エネルギーがあふれてきて、撤退を余儀なくされています。決定的な手を打たなくては」

「どんな手だ、ミュルズ＝2？」

指揮官は下の一対の手を腰に当てた。

「サイバーランドに流入するヴァイタル・エネルギーをすべて堰《せ》きとめなくてはなりません。隣接する領域の地下洞窟をすべてふさぐ必要があります」

サイがなにもいわないので、ミュルズ＝2の計画は間違っていないと判断した。わたしにも異論はない。だが、その計画は実行不可能だとわかっていた。洞窟から枝分かれする流れは、細部まですべてが把握できているわけではない。調べあげるには深淵年で何年もかかるだろう。〝壁〟を隙間なくグレイ領域で囲繞《いじょう》するのも、やはり数年がかかりになる。

そんな時間はない。ニー領の領主たちはいらだっていて、その圧力は日々強まっている。くわえて、わたし自身もいらだっていた。

自信を失いかけていたのだ。サイは感じているだろうが、ほかの者たちは知るよしもない。サイはだれとも話ができないから、話が外に洩れる心配はなかった。

期待できるのはウー種族の科学者たちくらいだ。かれらなら〝壁〟を弱体化させ、テクノトリウムへの侵攻を可能にする方法を発見できるはず！

「サイバーランドにヴァイタル・エネルギーをもたらしている流れをすべて見つけだし、破壊するのだ！」サイの反応を待ったが、かれは無言だった。

ミュルズ＝2はシステムを終了させ、退出。意識をチェックしたが、汚点はなかった。

「遠出するぞ、サイ」と、オモレ人に告げる。「近くから〝壁〟を見てみたい。そのあと、ウー種族の意見を聞こう」

グレイ・テントは不可視のフォーム・エネルギーでできた移動手段をつくりだせる。サイとわたしはそれに乗りこんだ。グレイ・テントはそのままのこしていく。グレイ・テントのエネルギーがグレイの大軍に対し、わたしが不在中でもつねに遍在していることを誇示するのだ。

〝壁〟はこの瞬間、はるか遠方にあるが、それでもその存在を感じることはできる。だが、わたしはそのプシオン・エネルギー構造物を、五次元と六次元の存在感を、近くからたしかめたかった。

乗り物を思考で操作した。大軍の印象を直接感じとれるよう、最初は低高度で中くらいの速度を出す。

植物は周囲から一掃されていた。グレイ作用の効果で、ここではわたしが必要としない生命体はすべて根絶されている。べつの場所では動物が攻撃的な生命形態に変化し、グレイ領域の拡大にひと役買っていた。

視界はすべて、よく訓練された戦闘部隊に埋めつくされている。深淵の地にこれ以上強力な軍隊が存在したことはかつてない。三重の防御バリアとHÜ二連砲を装備した装甲グライダーの列がどこまでもつづき、安心感をあたえていた。戦闘車輌のあいだではさまざまな種族からなる練度の高い兵士たちが野営している。全員がグレイになっているので、どこまでもわたしにしたがうはずだ。

ウー種族の科学者たちは〝壁〟にかなり近づいたちいさな丘の上に研究所を設営していた。ウーは愛らしい毛皮生物で、かつては明るい褐色だったが、いまは深いグレイに輝いている。創意に富んだ種族だ。しかし……

「ジャシェムのほうが千倍も有能です」サイがいった。その点に議論の余地はない。それでもわたしにはウーしかいないのだ。かれらの最初の評価では、基本的にわたしが知っていることしか出てこなかった。現在知られている技術や武力に対して、〝壁〟は絶対的な障害だという。いまウーたちは、混合エネルギーの一部を構成するプシオン性・ハイパーエネルギー性フィールドの分析を進めていた。

わたしは乗り物を加速させた。〝壁〟が急速に近づいてくるのが感覚でわかる。

「おまえはこのあたりで発見されたのか？」と、サイにたずねる。

「そうかもしれません」サイは言葉を濁した。「種族放浪による転送でひどく混乱していて、記憶がはっきりしないんです」そこで自動的につけくわえる。「それでもわたしは真実を話しています」

やがて〝壁〟がわたしの通常の視力でも見えるようになった。エネルギー性・プシオン性構造物の色の多彩さは、経験の浅い者が見るとさぞ魅力的だろう。だが、わたしはぞっとした。わたしにとって〝壁〟は障害であり、ジャシェムの高度な技術がなければ光の地平にはけっしてたどり着けないことを証明するものでもあった。

サイバーランドおよび、プシオンとハイパーエネルギーでできた障壁は、ジャシェムがかつて時空エンジニアとの決裂が確定して光の地平を去ったあと、建造したものだ。〝壁〟はサイバーランドを周囲のあらゆる環境から隔離している。そうすることで、ジャシェムは深淵のほかの領域から孤立したのだ。〝壁〟は内側から外に出ることも不可能にしている。

その点だけ考えても、サイが深淵の技術者のスパイかもしれないというブハルの疑念はばかげていた。

「そのとおりです」と、オモレ人。

〝壁〟はジャシェムが閉じこもったのち、本領を発揮した。深淵作用をいっさい通さなかったのだ。ジャシェムはずっと望んでいた静謐《せいひつ》を手に入れた。かれらはそれ以外のことに関心をしめさず、自分たちの領域の外でわざわざグレイ作用の拡大に対抗することは考えもしなかった。自然法則についての独自の知識と手腕を持ったかれらなら、なにかができたかもしれないのに。

〝壁〟を通過できるのはヴァイタル・エネルギーの流れだけ。そのことがわたしにとって、事態をすこしむずかしくしている。

「きわめてむずかしく」と、サイ。

「わたしにとってはすこしだ！」またしても、この傲慢な男を殺してやりたいという思いが頭をよぎる。

深淵の地にどこでも見られる地下洞窟は、ジャシェム帝国には存在しない。ヴァイタル・エネルギー貯蔵庫は地表に設置されている。だからといって防御が脆弱なわけではなかった。ウー種族の測定によると、ジャシェムは〝壁〟の……かれらから見て……向こう側にあるさまざまな洞窟からヴァイタル・エネルギーを集めているらしい。ヴァジェンダにさえ手出しできるようだ。サイバーランドがグレイ作用に対抗して優位をたもっているかぎり、その可能性は消えない。あるいは、グレイの大軍がテクノトリウムを破壊するのを〝壁〟が阻止するかもしれない。

「不完全な推論です」サイがいった。

どういう意味なのか問いただしたかったが、サイ自身は事実をなにも知らないのだ。会話はたちまち限界に達し、つづけることに意味はない。

それでも考えることはあった。サイバーランドにはほんとうに、重要な標的はほかにないのか？　テクノトリウムを掌握《しょうあく》するだけで充分なのか？

〝ニュートルム〟という謎めいたものについて耳にしたことがある。それが実在するなら、どんな機能を有しているのか？

「まずは〝壁〟を突破するのが先決です！」と、サイ。

いずれにせよ、かれもニュートルムのことはなにも知らないようだ。わたしの思考に反応しなかったから。

〝壁〟は通常の生命体が内部の領域をのぞき見ることも阻止している。サイにもなにも見えていないだろう。わたしの拡張知覚なら、すくなくともごく近いあたりは感知できる。

〝壁〟の上の空は〝壁〟そのものと同じように色彩豊かだった。色彩はゆっくりと、だが、つねに動きつづけている。それはまた、わたしが上からサイバーランドをのぞけない理由でもあった。

美しい空の下にひろがっている風景は、ほんものではない。そこには従来の意味での動物も植物も存在しない。ありとあらゆる形態のサイバネティク有機体が自然の生命をまねているだけだ。ジャシェムは自分たちの領域を細部にいたるまでサイバネティクス化していた。

〝壁〟さえなんとかできれば、それら数十億のサイバーモジュールもグレイになる！〝壁〟の奇妙なエネルギーが作用してくるのを感じた。純粋に受動的なもので、危険はない。サイは徐々におびえはじめていたが、わたしは気にしなかった。傲慢な思考に対するおだやかな罰だ。

乗り物が〝壁〟の手前で自動停止した。突破不可能な障害を感知したから。オモレ人は強まる苦痛に身をよじっている。かれの肉体は役にたたない。わたしは体験したい作用をすべて吸収するまでその場で待った。

「おまえは崩壊する！」と、揺らめくエネルギーに向かって無言で叫ぶ。「テクノトリウムも、サイバーランドも！」

「もどりましょう」サイが哀願した。乗り物の床の上で身もだえしている。

もう充分に見て感じた。腕なしを死なせたいわけではなかった。いまはまだ。

＊

三日後。

ウー種族の進捗状況の確認はきょうまで引きのばした。すばやく完全な成功への疑念が大きくなっていたから。〝壁〟の直近まで行ったことが、わたしに予想以上の影響をあたえていた。この落胆にはサイもひと役買っている。かれの〝真実の言明〟が役だっていないのだ。そこでわたしはミュルズ＝2がどの程度の成功をおさめたか、報告をもとめた。

ミュルズ＝2は自分がしてきたことを長々と説明しはじめ、わたしは急いで長広舌《ちょうこうぜつ》をさえぎった。内容を歪曲し、すなおに失敗を認めていないのがわかったから。

「簡潔に報告しろ、ミュルズ＝2！　興味があるのは結果だけだ！」

「われわれからもっとも近い、グレイ作用のおよんでいない地域から、サイバーランドへのヴァイタル・エネルギーの流路は、完全に遮断するのに成功しました。流路の発見に協力したウー種族のおかげです。隣接するほかのふたつの地域では、発見した流路はすべて破壊しました。ただ、それによる目に見える結果は出ていません」

わたしは不快そうな表情を見せた。

「報告はそれだけか？」

「それは、その」主力部隊指揮官はいいよどんだ。「成果が限定的なのは、ジャシェムの自動システムがすばやく流路を切り替え、流れを確保してしまうからです。直接攻撃されないだけでも幸運でした」

「あきらめる気か？」わたしは低い声で問い詰めた。「おまえの後任者を選んだほうがいいかな？」

〈かれの失敗ではありません〉サイがいった。〈実行不可能な任務のせいです〉

怒りがいちだんとひどくなるのを懸命におさえる。成果があがらないことで、神経はずたずただった。ミュルズ＝2とサイを処刑したいところだが、それでは一時的に気がおさまっても、長い目で見れば損害が大きい。

「出ていけ！」と、主力部隊指揮官に命じる。同時にグレイ・テントを発光させた。ミュルズ＝2は脚四本の救命システムを作動させ、大急ぎでわたしとのあいだに大きく距離をとった。

すべては、それなりの期間内に、サイバーランドの隣接地区ぜんぶにグレイ作用を波及させられなかったせいだ。だからジャシェムはヴァイタル・エネルギーをいくらでも使うことができる。すべての流路をふさぐのはもう不可能だろう。この計画は放棄するしかない。

「そのとおりです」と、オモレ人。

希望はまたしても失われた。〝壁〟は突破できない障害物となっている。ジャシェム帝国へのヴァイタル・エネルギーの流入は阻止できない。サイバーランドをすっぽりとかこむグレイ領域をつくりあげるには長い時間がかかるだろう。ウー種族たちはなんとか解決策を見つけようとしているが、まだ連絡はない。

さらに、ニー領の領主たちのいらだちが、わたしをすっかり意気阻喪《そそう》させていた。

「科学者たちを査察してはどうですか」サイがいった。「希望がすべて失われたわけではありません」

それは侮辱だった。成果があがらないのを見て、サイは態度を変化させたのだ。最初はほぼすべての成果に対して疑念と否定の言葉を投げかけていたのに、いまはわたしを鼓舞しようとしている。

「違います！」即座に反応があった。「あなたが変わったのです。解決できない問題に直面していると自覚したから。わたしはいままでどおり、孤独な見者です」

わたしは返事をせず、グレイ・テントの通信回線を作動させてウー＝一四一とウー＝七六五Bを呼びだす。科学者たちのリーダー二名はすぐにグレイ・テントの前にあらわれ、質問に答えた。

ウー＝一四一はハイパー物理問題の、ウー＝七六五Bは純粋プシオン・エネルギーの専門家だ。〝壁〟の混合エネルギーの謎を解明し、システムの弱点を探りだし、攻撃可能なポイントを発見するためには、理想的なチームだった。

被毛におおわれた二体がちいさな浮遊プラットフォームに乗ってあらわれた。かれらの小声を拡大する装置もついている。その思考と反応は、グレイ・テントの力でわたしがコントロールしているのだが。

「偉大なる領主」ウー＝七六五Bが熱心に話しはじめる。「ちょうどいいときに成果をお伝えできることになりました」

〈やや誇張があります〉と、サイ。〈そこまでの確信はないようです〉

もちろんわたしも気づいていたが、まずは二名に話をさせることにした。

「そのとおりです」と、ウー＝一四一。「エネルギー分析の結果、きわめて多様な断片からなるハイパー構造がしめされました。それによると、主要エネルギーは〝壁〟のごく一部にすぎません。ほかの部分についてはウー＝七六五Bから報告があるはず。

〝壁〟のハイパーエネルギー技術における重要な秘密は、各種エネルギーが次元要素に応じて正確に配分されるわけではないという点にあります」

技術的な説明は退屈だった。わたしがもとめているのは具体的な成果だ。それでもウー種族の反応と思考はよくわかっているので、ハイパー物理学者のしたいようにさせておいた。たぶんさらに細かい話をしはじめるだろう。

「それは具体的には、エネルギーが不確定であることを意味します」ウー＝一四一が先をつづける。「特定の時点に、どんなエネルギー形態が〝壁〟のどこに出現するか、決定するのは完全に不可能です。ちなみに、色彩の動きはその理由から生じています」

「それはつまり」わたしはすでに事態の悪化を覚悟していた。「特定の時点に〝壁〟の特定のエネルギーを無効化するのは不可能だということか？」

「そのとおりです！」と、ウー種族。

「残念なことだ。ほかにもっとましな報告はないのか？」

ウー＝一四一はわたしのネガティヴな反応に驚いたようで、立ちなおるのにしばらくかかった。

「伝え方が悪かったようです、偉大なる領主」わたしを怒らせないよう、表現を選んでいるのがわかる。「いま説明した知見により、ハイパーエネルギー問題は解決しました。あとはただ、〝壁〟の一部から不確定性を除去するだけです。それでエネルギー状態は確定し、限局が可能になります」

「そんなことができるのか？」

「はい」ウー＝一四一はふたたび自信に満ちた態度になった。「もちろん、ウー＝七六五Bがプシオン・エネルギーの範囲を明確にする必要がありますが。わたしが純粋にハイパー物理的な部分を限局できれば、〝反ポテンツァー〟を使って問題なく無効化できると思います。これまではやむなく失敗してきましたが」

〈確信があるようです〉オモレ人がすばやく口をはさんだ。

ウー＝七六五Bが話しはじめる。こちらもわたしには専門的すぎたが。

「たがいに経験を交換できれば、われわれのチームで正しいシュプールをたどれるでしょう。〝壁〟のプシオン・エネルギーを限局するのは原理的には可能ですが、ハイパー物理的要素のなかに埋めこまれているため、測定によって直接干渉することはできませんでした。散乱フィールドを観測するしかなかったのです。これには転送効果があって、具体的には、〝壁〟に触れようとするものはすべて、テレポーテーションの原理にしたがって、どこかに飛ばされてしまいます。これによりプシ・エネルギーは既存の不透過性を安定させるのですが、この効果はすでに、原子数個単位の限定的な範囲では無効化に成功しています。ウー＝一四一がハイパーエネルギーを〝固定〟できれば、プシ・エネルギーの無効化範囲を軍団が通過できるくらいに拡大できるでしょう」

〈強く確信しています〉と、サイ。

「最初の実験はいつ可能だ？」わたしは実際の進捗にしか興味がなかった。

「すぐです」と、ウー＝七六五B。「三、四日もあれば。準備ができたらお知らせします、偉大なる領主」

ようやくあらたな勝利の感覚が憂鬱《ゆううつ》にとってかわる。わたしは疑念をしめすようなオモレ人の言葉には耳を貸さなかった。

3

領主ムータンの回想

五日後。

科学者からの肯定的な中間報告を得て、わたしは本拠であるグレイ・テントを〝壁〟の近くに移動した。ブハルとミュルズ＝2もそれぞれの部隊をジャシェム帝国との境界近くまで前進させた。突破困難な障壁をとりかこむグレイ作用も拡張し、ヴァイタル・エネルギーの流入を阻止する努力がつづけられている。だが、短期間で成果があがるとは期待できない。サイバーランドはいまも占領できない防塁だった。

それでも、ウー種族の努力が実を結ぶという考えはわたしの頭をはなれなかった。つねにつきしたがっているオモレ人のサイも、もう疑念をさしはさもうとはしてこない。

〝壁〟は近いうちに突破されるだろう。

ただ、腕なしはべつのやり方でわたしをいらだたせた。しばらく前から、のこるふたりのオモレ人、アトとジェが生きているといいだしたのだ。かれらの〝真実インパルス〟を受信したという。わたしはどう対応すればいいかわからなかった。いま考えていることと関係ないから。

グレイ・テントの乗り物で、ウー種族の準備状況を上空から視察した。ウー＝七六五Bの行動計画は二日ほど遅れていた。グレイの大軍の再配置に、かれの計算以上の時間がかかっているせいだという。ミュルズ＝2とブハルはむきになって反論し、いささか不穏な雰囲気になっている。

「アトとジェは主力部隊指揮官の二名にとって、すばらしい見者と真実助言者になるでしょう」サイがまた強く主張した。「ふたりを探すべきです。わたしが寂しいからというだけではなく、アトとジェがいれば、部隊の移動時間のロスもなくなるはず」

わたしはオモレ人を黙らせた。そんな些事《さじ》に関わるつもりはない。

巨大なパラボラアンテナをそなえた強力マシン、反ポテンツァーが〟壁〟のそばに見えた。ウー種族はこのマシン八基をその場所にセットし、さらに八基がずっと西の突破個所にも設置されている。巨大金属マシンのあいだには、深淵定数に向かってそびえる高い塔があった。そのすべてが鏡のような外被におおわれている。ウー＝一四一はそれらを〟安定化装置〟と命名した。この装置から放射されるハイパーフィールドが〟壁〟のエネルギーを限局し、不確定性効果を解消させる。あとは反ポテンツァーで〟壁〟を突破するだけだ。

〈うまくいきそうです。真実性の弱点は見あたりません〉と、サイ。

わたしも健全な楽観を感じた。〝壁〟はすでにわたしにとって、その突破不可能性をかなり減じていた。過去数日にわたって感じた怒りと、ニー領の領主たちからの心理的圧迫感は、もうのこっていない。

グレイ・テントの通信装置が不可視の乗り物に、ウー種族からの最新情報を伝えてきた。突破の最初の試みがまもなくはじまる。乗り物を科学者たちの強力マシンの後方に移動させ、〝壁〟の間近から期待をこめて状況を見守ることにする。

いまや遅しと待つうちに、ウー＝一四一が開始パルスを送信。映像が表示された。安定化装置と〝壁〟のあいだの空気が揺らぎはじめる。

「第一フェーズ、成功裡に完了」ウー種族の声が聞こえた。「第二フェーズ開始」

空気の揺らぎが消え、かわりにグレイの霧が出現した。通常の感覚ではとらえられないが、わたしの肉体の感覚器はまだ細部まで感知していた。

塔からエネルギーが放射され、集束して太いビームになる。まだなにも起きてはいない。鋭い破断音がしただけだ。ウー＝一四一がエネルギー出力をあげ、第三フェーズに入る。安定化装置の塔が一瞬だけ透明になった。失敗か、と不安になったが、ウー種族とサイからの報告ですぐに不安は解消した。

〝壁〟がとうとう反応。さまざまな色彩の不規則な流れが滞りはじめる。さっきまで輝く混沌だったものが、いまは暗い影のあるどろどろした粥《かゆ》のようだ。きらめく表面にはグレイの筋が見えた。

最後から二番めの第四フェーズがはじまる。エネルギーの霧がいきなり消え、安定化装置の塔が膨張した。甲高《かんだか》い音が空気中に満ちる。〝壁〟のエネルギーの最後の動きが停止した。色彩はもとにもどったが、動きはない。

「限局が完了しました」ウー＝一四一が満足そうに報告する。「反ポテンツァー作動！ウー＝七六五B、これでプシオン・フィールドを無効化できるぞ」

ウー種族のマシンと装置からすさまじい動きが伝わってきた。わたしの通常の視覚でとらえられる範囲では、〝壁〟はまだじっと不動のままだ。

次々に成功がつづいた。ウー種族も高揚している。反ポテンツァーは目に見えないエネルギーを〝壁〟にたたきつけた。

亀裂が入るのが見える。

「第五フェーズ」声が聞こえた。

〝壁〟にグレイの円が生じた。その縁が毛羽立ったようになり、たちまちひろがって半円に変わる。半円の直径部分が深淵の地の地表に触れ、エネルギーの弾ける音があたりを揺るがす。ウー種族の巨大マシンの一定した騒音は、もう聞こえなくなった。

〝壁〟にゲートが開く。幅も高さもあり、その向こうのサイバーランドを直接見わたすことができた。開口部に障壁は感じられず、わたしは勝利を確信した。

グレイ作用の最初のシュプールが越境する。サイバネティク風景は抵抗したが、グレイを押し返すことはできない。

「開口部は安定しています」ウー＝一四一がいった。その声にも勝利の響きが感じられる。

〈いいえ〉サイは否定した。わたしは悲観的な意見に耳を貸さなかったが、かれは謎めいた言葉をつけくわえる。〈〝壁〟が真実をしめしています〉

わたしは口がふたつあるブハルに命じ、装甲グライダーの一隊を前進させて〝壁〟をこえさせようとした。巨大なグライダーが次々と開口部に向かう。

だが、〝壁〟はまだ立ちはだかっていた。その効果は視覚よりも先に聴覚で感じた。ブハルの部隊が目に見えない障害物に激突したのだ。装甲グライダー数機が爆発したり、深淵の地の地表に墜落したり、文字どおりかき消えたりした。

それだけではない。

安定化装置の塔が折れ曲がり、ウー種族の調査施設の上に崩れ落ちた。巨大な反ポテンツァーは赤熱《せきねつ》して溶解し、たちまち周囲のあらゆる方向に流れだす。

〝壁〟はグレイの大軍の最前列が到達する以前に、貪欲に食欲を満たしはじめた。ウー＝一四一とウー＝七六五Bの断末魔の悲鳴が聞こえ、すべてが終わったことがわかった。

ブハルとミュルズ＝2は迅速に、無傷の部隊に退却を命じた。わたしも乗り物を破壊の現場から遠ざけた。

完全な敗北だ。もはや怒りも感じず、あきらめがあるだけだった。ぼんやりしたままグレイ・テントに指示を出し、それが主力部隊指揮官たちにも伝わる。

全軍、もとの位置まで退却。大軍が動きだした。グレイ・テントも移動する。のこっているのはマシンの残骸と、無傷の〝壁〟と、わたしとサイだけだった。

サイは正しい行動をとった。無言を貫いたのだ。

ざっとかれを調べてみて、頭蓋のちいさな一部が欠けていることに気づく。だが、そんなことを心配する理由はもうなかった。

＊

二日後。

サイはいまだになにもいわず、わたしの乗り物はウー種族の試みが失敗した場所にとどまっている。わたしの憂鬱も相《あ》いかわらずだ。精神が硬直している。

グレイ・テントからは定期的に情報が送られてくるが、わたしはほとんど気にとめなかった。特別な報告などないから。サイバーランドを包囲するグレイ領域は拡大しているが、その速度は遅々としたものだ。場所によっては、ジャシェム帝国から漏れだししたヴァイタル・エネルギーがグレイ作用を押しもどしている。ブハルとミュルズ＝2は深淵の地のどこかで、サイバーランドに流れこむヴァイタル・エネルギーの流路を懸命に探していた。部分的には成功しているが、決定的な突破口にはなりそうにない。

わたしはとうとう決意をかためた。上級領主たちからの非難の言葉が突き刺さってくるから。乗り物を〝壁〟の近くに着陸させる。サイはもう放射に慣れていて、文句をいうことはなく、苦痛も感じなくなったようだ。

乗り物から降りて、壊れたマシンが散乱するなかを〝壁〟に近づいていく。プシオン・エネルギーの圧力が高まったが、わたしは歩きつづけた。

〈なにかが起きます！〉サイの精神が声をあげた。同時に〝壁〟からの排除するような圧力を感じなくなる。足をとめると、夢にみたとおりのことが起きた。

〝壁〟にひびが入ったのだ。太いひびが地面から不規則なジグザグを描いてはしる。火花を散らすモザイクのなかでグレイのパテが飛び散った。ひびは融合し、さらに大きくなっていく。

〝壁〟の破片がゆるんで落下しはじめた。だが、地面に達する前にエネルギーになって霧散する。わたしは急いで乗り物にもどった。

〈〝壁〟が崩れた！〉サイが歓声をあげる。〈どうやったんです？〉

わたしは全体のようすを見ようと乗り物を上昇させた。

〈あなたがやったのではないですね〉オモレ人はそういったが、わたしは気にもとめなかった。眼下の光景に魅了されていたから。

わたしの試みはすべて失敗したというのに、いま、〝壁〟が文字どおり眼前で崩壊している！

「罠か？」と、小声でつぶやく。「ジャシェムが動きだしているのでは？」

〈いいえ〉と、サイ。〈原因はべつにあるようです〉

〝壁〟の崩壊がとまった。プシオン・エネルギー障壁にできたひび割れは大きく、何層も重なっている。

「すこしようすを見よう」わたしはそういい、ブハルとミュルズ＝2を呼びだした。

グレイ・テントからほかの部分の状況が伝えられた。原因不明のひび割れが多くの場所で生じ、グレイ作用が〝壁〟を突破しているという。

それは見えない影のように、ジャシェム帝国の奥深くにすばやく流れこんだ。サイバー化された自然は短い抵抗のあと、グレイになって屈服した。サイバネティクスやサイバーモジュールといった人工生命体も、すぐにグレイ作用の、つまりわたしの命令にしたがうようになるはず。

乗り物の高度をあげ、効果をじっくりと観察する。同時にすべてのセンサーを作動させた。そこにわたしの感覚をくわえれば、サイバーランドの奥まで見通すことができる。

侵入してきたグレイ作用にジャシェムがどう反応するか、見ものだった。〝壁〟が崩壊した理由はもうどうでもいい。事情は不明だが、とにかくもう障害にならないのだから。技術的な不具合かもしれない。息をのむような技術力を持っているとはいえ、ジャシェムも無謬《むびゅう》ではないはず。

崩壊した壁の近くにジャシェムの大気工場があることに気づいた。グレイ作用はもうすぐその施設に到達する。ジャシェムがすくなくとも一名、そこに居住していることはわかっている。きっとパニックにおちいっているだろう。

工場といっても、実際は制御センターだ。大きな都市くらいの広大な範囲を占め、そこに塔やドームなどの建造物が建ちならんでいる。金属壁のかわりにクリスタルとフォーム・エネルギーが外殻を形成していた。すべての建造物に共通するのは、色だった。工場はそれぞれ独自の色を特徴としていて、大気工場はさまざまな色合いのグリーンにきらめいている。

いまはまだ！　わたしは嬉々として思った。まもなく、そのグリーンはすばらしいグレイに塗り替えられる！

工場のジャシェムを補助するサイバネティク助力者たちはすでに動きだしていた。工場の中心部、制御センターをとりかこみ、近くの建造物までつつみこむ、フォーム・エネルギーの巨大な泡を形成している。工場の居住者は一ジャシェムだけだった。

詳細を探りだし、その深淵の技術者がフォルデルグリン・カルトという名前だとわかる。深刻な状況に悩んでいるようだ。もっとも重要なサイバーモジュールがすでにグレイ作用の影響を受け、命令を聞かなくなっている。主人の指示にしたがわず、任務も遂行していない。

ブハルとミュルズ＝2が、崩壊した〝壁〟に向かって部隊を進軍させてきた。わたしは全体を八隊に分け、サイバーランドに侵入させた。ブハルがひきいる部隊は大気工場に向かわせる。ミュルズ＝2の標的はさらに奥だ。かれはジャシェム帝国の心臓部、テクノトリウムへの大規模攻撃の準備をしていたから。

深淵の技術者の帝国は広大だ。すべてをグレイに変えてジャシェムを服従させるには何日もかかるだろう。だが、いまなら時間はある。〝壁〟が……理由はどうあれ……落ちたのだ。状況がまた変化するかもしれないなどと、むだな考えをもてあそぶ気はなかった。

グレイの大軍がサイバーランドの奥深くまで侵攻すると、わたしはグレイ・テントのなかで進捗を見守った。このエネルギー司令スタンドは、わずかにはなれて部隊についていっている。

そのあいだにも、大気工場での戦いは佳境を迎えていた。ブハルの指揮ぶりはすばらしかった。フォルデルグリン・カルトは仲間のジャシェム、カグラマス・ヴロトの応援を得たが、両者を合わせてもたいした成果はあがっていない。

グレイ作用はひろがりつづけ、大量のサイバネティクスが犠牲になった。ジャシェム帝国の人工生命体は次々とこちらの部隊に吸収され、戦力を強化してくれる。

わたしは勝ち誇った。

決定的な勝利の行進がはじまった。あとはもう時間の問題だ。制御センターにたてこもったカルトは、確実に終わりだと考えている。わたしのほうもそう思った。ヴロトが包囲網を突破して、カルトと合流したときも。

両ジャシェムはあらたにヴァイタル・エネルギーの流れを導入したが、その成功は短命に終わった。かれらはそこで自暴自棄な手に出た。工場の装置を使い、大気組成を変更しはじめたのだ。わたしはすぐにその目的に気づいた。深淵の技術者の中心施設、テクノトリウムに危機を知らせるためだろう。

わたしは刻々と前進をつづける大軍を見守った。テクノトリウムはまだ遠いが、一瞬ごとに勝利の確信は強まっていく。

ジャシェム帝国は陥落するだろう。

ヴァジェンダと光の地平の終焉にも手がとどくというもの。

わたしは確固たる勝利の感覚をつかんでいた。

だがそのとき、衝撃を受けた。

憎むべき深淵の騎士が大気工場にあらわれたのだ。まだ生きていたのか！

かれらは仲間とともに戦闘に介入し、一時的に成果をあげた。

こちらの部隊は、かれらがジャシェムとともに包囲網を突破し、グライダーで脱出するのを阻止できなかった。圧倒的なグレイの大軍もまだ充分ではなかったということ。それでもわたしの部隊は数千のソルジャーとラタンに支援され、〝壁〟のなかに流入しつづけた。

「たいした遅れではない」わたしは自分にいいきかせた。「いずれにせよ、ジャシェムはグレイ作用に屈することになる。そうなれば、かれらは仲間だ。深淵の技術者の力をバックにつけたわたしをとめられる者はいない。ニー領のグレイ領主たちでさえ」

ジャシェム帝国の周囲にいるのこりの部隊に、主力部隊のあとを追ってサイバーランドに侵攻するよう指示。

わたしの目的は明確だった。

そこにさらにべつの目的がくわわった。

呪わしい深淵の騎士がまだ存在していたのだ。やつらを永久に排除しなくてはならない。こんどこそ厄介ばらいしてやる。ロスター・ロスターとジョルストアがたどったのと同じ道をたどらせるのだ。今後も深淵の地に乗りこんでくる深淵の騎士は、全員同じ目にあうことになる。

ここにはわたし、領主ムータンと、グレイ作用に抵抗できる者などいないのだから。
サイは黙っている。わたしの考えは真実だということだ。

4

アトランの現在

「〝かれ〟は肉体の精神エネルギー単位をこの地の座標に合わせて変更した！」

「だれがです？」ジェン・サリクがたずねる。

わたしはにやりとしただけだった。ジャシェムが自分のことをさしているのは、われわれふたりともわかっている。深淵の技術者のほとんどはその傲慢さから〝わたし〟という言葉を使うのを拒否し、自分のことを〝かれ〟と称するのだ。そのほかにも、奇矯《ききょう》な言葉づかいを常用している。

ジャシェムがほんとうにいいたいことは、もっと平易な言葉で表現できるのだが。〝いま着いた〟とか〝きたぞ〟といったほうが、ずっとまともに聞こえるだろう。

かれの名前はバーレンベク・ジャンツ。テクノトールのなかでも偏屈者として知られているらしい。われわれをテクノトリウムのこの場所に連れてきたコルヴェンブラク・ナルドとフルジェノス・ラルグからも、それ以上の話は聞いていなかった。

ジャンツはパッシヴ体とアクティヴ体の中間の姿だった。ナルドとラルグは、テクノトリウムの上方にあるニュートルムでの冒険をわれわれとともに辛くも切り抜けたのち、パッシヴ体をとっている。外観は黒っぽい岩のモノリスという印象で、高さは五メートル近い。見たところ無造作に、フォーム・エネルギー製の壁によりかかっている。

実際には、両ジャシェムはこの状態でも活動が可能だ。いまは瞑想というか、技術的な問題などに思いをめぐらせているのだろう。

新来者のジャンツは上半身がかれらのパッシヴ体に似ている。ただ、先細りの胴体は意外に敏捷《びんしょう》で、多数の短い脚に支えられてちいさく動いていた。手足はからだの下部の、黄土色のたいらな板のような部分から生えている。

この生命体の異質さにはなかなか慣れなかった。わが長い人生のなかで、宇宙が生みだしたとてつもなく不気味な生物も見てきているのに。

ブルーの岩と明るい色の板と多数の短い脚、そのすべてを合わせたのがジャシェムのバーレンベク・ジャンツだ。アクティヴ体になれば、外観はほとんどどんなかたちもとることができる。からだが柔らかく、自在に変形するから。

ジャンツは板のすぐ上に感覚器官を形成していた。声はそこから出ている。二対の目は虚無を見つめているかのようだ。ジェン・サリクとわたしのことは眼中にない。それもまたジャシェムの傲慢さのあらわれだった。

ナルドとラルグの場合、うぬぼれの氷は大部分が溶けていた。深淵に吸収された領主たちの意識から深淵の独居者をともに解放した経験が、われわれとの距離を縮めたのだ。工場長ジャシェムのカグラマス・ヴロトとフォルデルグリン・カルトもわれわれに協力的になっている。

だが、ジャンツはそうはいかない。

かれは瞑想中のナルドとラルグに、礼儀正しく親しげに挨拶した。ジャシェム同士であるかぎり、かれらはどこまでも丁重で好意的だ。

「われわれ、かれらと共働しようとしている」ラルグの巨体が伸びをしながらいった。〝われわれ〟とはナルドとかれ自身のこと、〝かれら〟とはジェンとわたしのことだ。

新来者は相いかわらずわれわれに注意を向けようとしない。

「かれらは深淵の騎士だ」ナルドの声が響いた。

「それは技術的な評価にならない」ジャンツが侮蔑的にいう。「すくなくとも、論理を内挿したり、基本データをもとに非反復的な解を導いたりできるのか？　できるとしても、その場合のエラー率はどのくらいだ？」

「そろそろがまんの限界です」サリクが不機嫌にいう。「われわれに論理的思考が可能かどうか知りたがっている。この調子で話が進むなら、わがグレイの脳細胞は働くのを拒否しますよ」

「グレイか」わたしは考えこんだ。「それが問題の本質だな。きみの脳細胞がグレイでないといいのだが」

「それをいうなら」サリクはジャンツを指さした。「あれはグレイではなく、赤くなっています」

部屋の内装が変化しはじめた。彩り豊かな壁が移動し、大きな肘かけ椅子が二脚とテーブルが一台、床から出現する。われわれは、すすめられるのを待たずに椅子に腰をおろした。深淵の技術者三名のだれかがすすめてくれるとは思えなかったから。

ナルドとラルグはとうとうパッシヴ体を解いた。テーブルの反対側に滑るように移動し、頭と腕を形成して、横幅を大きくしたからだで床の上にじかにすわる。

「なにか手を打たなくてはならない」ナルドが口火を切った。

「〝かれ〟はすでに手を打ったぞ」同じような外観になったジャンツがいう。

ラルグが手を振ってかれを押しとどめ、話をはじめた。ジャンツはいわゆる〝タカ派〟のリーダーが話し終えるのをじっと待つ。われわれにとっては、耳新しい話はほとんどなかった。いっしょに体験したことだから。

「〝壁〟の安定は崩れた」ラルグはそういって話を締めくくった。「修復にどれくらい時間がかかるのか、深淵の独居者にも正確にはわからないそうだ。グレイの大軍はわれわれの帝国の奥深くまで侵攻してきている。ヴァイタル・エネルギーとグレイ作用の不均衡は、ますますわれわれの不利益となってきた。独居者がなんとかしてくれるのを期待して、手をこまねいているわけにはいかない。グレイ軍団がテクノトリウムに到達してからでは遅いのだ」

「もっと情報が必要だ」すかさずナルドが口をはさむ。「だれかが侵略者のなかに突入し、敵の計画を調べなくてはならない。時間との競争になるだろう」

〈〝だれか〟とは、ジェンとおまえのことだ！〉付帯脳が指摘した。

ようやくこの会合の目的が見えてきた。ジャンツがはたす役割も明らかだ。

サリクが意味ありげな視線をわたしに向けた。かれもジャシシェムの意図に気づいたのだろう。気分のいい話ではなかった。深淵の技術者たちがグレイの侵攻に対してようやくやる気を出したことは歓迎するが、サリクとわたしが主役になるのは考えものだ。

深淵の地における任務は奇妙で危険な冒険の連続だった。決定的な成果はあがっていない。スタルセンをグレイ作用から救出し、ムータン領とシャツェンを解放し、ジャシェムとともに深淵の独居者を救ったが、それらは部分的な勝利にすぎない。状況を楽観視する理由にはならなかった。

まだまだこれからだ。

深淵を本来の状態にもどし、それによって〝トリイクル9〟を再建する。それが最終目標であり、道はまだ遠かった。

ものごとの関係性については多くのことがわかった。かつての時空エンジニア、深淵での真の代理人たちは、明らかに失敗していた。時空エンジニアの行動のなにが正しく、なにが間違っていたのかは、わたしのような新米の……しかも暫定的な！……騎士の資質の持ち主に、判定できることではない。

時空エンジニアの本来の計画は、モラルコードのプシオン・フィールドの二重らせん、トリイクル9の再建だった。だが、やがてかれらは目的からはずれ、トリイクル9を再設計してあらたに構築しようとしはじめた。

時空エンジニアのもっとも重要な補助種族であるジャシェムの目からすると、それは不敬であり、見当はずれな野望だった。ジャシェムにとってモラルコードは独立した存在であり、現在の宇宙とも、過去のどの時期の前宇宙とも、未来の宇宙とも無関係なものだ。二重らせんの断片を再設計するというのは冒瀆であり、不可能なことだった。

時空エンジニアと深淵の技術者の意見の対立は両者の不和につながり、結果としてジャシェムは深淵のほかの領域から自分たちを切りはなして孤立する。サイバーランドをかこむ〝壁〟をめぐらせ、外部との接触を断った。

時空エンジニアの対応も同じく極端で無思慮なものだった。ジャシェムの離反をコスモクラートに知られないよう、深淵を孤立させたのだ。

これは大きな間違いだった。結果として、深淵の地は徐々にグレイ作用の影響を受けるようになる。

時空エンジニアにもグレイ作用はとめられない。それはかれらをのみこんで、グレイの領主を誕生させた。グレイの領主たちはさらに熱心に影響を拡大させていく。

対立はいまや決定的な段階に入った。グレイの領主側が深淵の技術者たちをとりこんだら、文字どおりすべてが失われてしまう。

最近の出来ごとはジャシェムを震撼《しんかん》させた。かれらの存在とサイバーランドが脅威にさらされるいま、もはや〝壁〟の向こうを無視することはできない。

「見ろ！」ジャンツが偽腕をあげていう。わたしは視線でその先を追った。

天井にちいさな開口部ができている。思考命令でサイバーモジュールにつくらせたものだ。おや指大のきらめくサイバネティク物体がふわふわと入ってきた。ジャンツの指先を追いかけ、わたしの目の前でテーブルの上に静止する。

「サイだ」と、ジャンツ。「正確には、サイの情報記憶バンクだな」

「サイとは？」わたしはたずねた。ジャンツはわたしの言葉など聞こえなかったかのように無視し、ナルドが礼儀正しく同じことをたずねると、ようやく返事をした。

「サイは一サイバーモジュールだ」ジャンツのうぬぼれた態度に、わたしもがまんの限界を迎えそうになる。「高度な専門家で、〝かれ〟にしかつくることはできない」

「それは真実です」きらめく物体がいった。

テクノトールの思考命令で、壁がふたたび変化し、滑らかな長方形の面が出現する。

そこに瞬時に3D映像が表示された。基本的にはヒューマノイドだが、腕がない姿だ。

「これがサイの本来の姿になる」と、ジャンツ。「〝かれ〟はこのユニークなサイバネティク作品を、何日も前に〝壁〟の向こうに送りだした」

「〝壁〟の向こうに？」ナルドとラルグが同時にたずねた。

「そう、〝壁〟の向こうに。サイにできることはそれだけではない。長期間、グレイ作用に耐えられるのだ。真実の予測最終値を算出できるし、からだの小部分……頭の断片を伝令として飛ばすこともできる」

「そのとおりです」と、きらめく断片。「報告をはじめてかまいませんか？」

「どうしてサイには腕がないんだ？」サリクがたずねた。

「心理的な理由だ」ジャンツの傲慢な態度は変わらないが、いまは一時的に虚栄心のほうがまさっているようだった。成果を披露したいのだ。

〈見せびらかし屋なのだろう〉論理セクターが指摘した。

「〝かれ〟はサイをスパイとしてグレイの大軍に送りこんだ。すぐに断片が報告を持ってもどってくる。腕がなければ、最初から無力で無害に見えるだろう」

壁面の映像が消えた。

サイバネティク断片が創造主の頭の高さに浮遊し、報告を開始した。

「サイはグレイの大軍の指導者に近づき、なんとか一時的に信用を得ることができました。いつまで活動を秘匿《ひとく》できるかは不明です。攻撃の計画に関しては情報が得られませんでした。実際の作戦は主力部隊指揮官と呼ばれる者たちが担当していたので。とくにミュルズ＝2とブハルという二名の指揮官が重用《ちょうよう》されています。大軍の支配者は全体的な指示を出すだけです」

「待て！」わたしは片手をあげた。「その支配者とは何者だ？」

「一グレイ領主で、領主ムータンと名乗っています」

わたしは大きく息を吸いこみ、サリクのほうを見た。その名前には千の言葉を費やす以上の意味があったから。

＊

「〝かれ〟が呼ばれたのは正しかった」ジャンツのからだは興奮で揺れていた。「ほとんどのテクノトールは〝かれ〟を変わり者だと思っている。たんに〝壁〟の向こうに興味があるからというだけで。だがこうなってみれば、論理的に行動していたのは〝かれ〟だけだったとわかるだろう。サイは〝かれ〟が算出した一要素であり、深淵の騎士二名をその到来からずっと観察していたので、計画を立案することができたのだ。手順は決めてあった。サイはオモレ人になりすまし、グレイの領主はかれの言葉をほとんど疑わなかった。サイはしばらく前から、ほかに同胞がふたりいるという話をしている。その三人以外、オモレ人は死に絶えたという話を信じさせたのだ。あとのふたりの名前はアトとジェという」

「アトランとジェンか」ラルグがいった。

「そのとおり!」ジャンツが勝ち誇る。「あなたたちはスパイとなって、ミュルズ＝2とブハルのシュプールを探るのだ。それで主要な主力部隊指揮官二名の作戦がわかるはず。ティランを使えば完全にオモレ人に化けられるだろう。サイと同じ能力を持ったサイバーモジュールをもっとつくりたかったが、時間がなかった」

このアイデアがすぐに気にいったわけではない。傲慢さに根ざしたなにかを感じたから。ジャシェムたちは協力する気になっているものの、グレイの領主に対して直接手出しをする気はないようだ。時空エンジニアに関わるすべてに嫌悪を感じるせいにちがいない。グレイの領主は突きつめれば時空エンジニアであり、深淵の技術者にとっては不《ふ》倶戴天《ぐたいてん》の敵なのだ。

ほかにも気にいらないことがある。いま明らかにされたかたちでわたしとジェンが関与するなら、オービターや助力者はくわわれない。偽装できるのはふたりだけだから。

サリクも同じことを考えたらしい。わずかに表情が曇ったのでそれとわかった。

「もう一度おちついて話し合いたい」サリクがいった。「なにより、サイバーランドの防衛にジャシェムがどのような役割をはたすのかを知りたい。アトランとわたしだけでグレイ領主の軍団と領主自身に立ち向かうというのでは、最初からひどい不均衡が生じることになる」

「〝かれ〟は騎士の考えの特異点を算出することを考慮していない」

「どういう意味です？」ジェンがわたしの脇腹をつついてたずねる。

「要するに、われわれの要望に応じる気はないということ」わたしは辛抱強く説明した。

「特異点とは、ある範囲内で適切に定義できない対象をしめす数学用語だ」

「だったら、あいつをすこし前外挿してやる！」サリクがこれほど憤慨するのは見たことがなかった。「頑迷なだけでは問題は解決しない。協力と調整と自発的な行動だけが成功につながるのだから」

「〝かれ〟は」と、わたしは自分を指さしたあと、サリクをさししめして、「かれに全面的に同感だ。一方的に利用される気はない」

ジャシェム三名はひそひそ話をはじめた。なにをいっているか聞こえないので、わたしはサリクに声をかけた。

「つまり、協力者はだれも連れていけないということ。レトスとつむじ風は予備戦力として後方に待機だな。ただ、事態はひどく不透明に思える。あれこれ命令されるのも気にいらない。コスモクラートからであれ、ジャシェムからであれ。あのバーレンベク・

ジャンツというやつ、高慢の鼻が高すぎる」

「鼻などありませんがね」サリクはにやりとした。

ラルグが仲介役に決まったようで、ジャンツとナルドと相談したあと、われわれのほうに向きなおった。

「テクノトールのジャンツは遺憾に思っている」ラルグはわれわれをなだめにかかった。

「もちろん、あなたたちは自由に動いてもらっていい。ジャンツは計画を説明しただけだ。要点はティランの可能性で、それがあればオモレ人に偽装することができる。あなたたちは深淵の騎士としての能力にくわえ、真実を算出するサイの能力も利用できる。時間がかぎられているため、サイのような特殊モジュールはほかに用意できなかった。どうかこの要請を断らないでもらいたい。事情はわかっているはず」

「きみたちはどうするんだ？」サリクはまだ信用できないらしい。

「われわれも行動にうつる。指導的立場のジャシェムは全員、すでにテクノトリウムのコミュニケーション・ホールに集まっている。侵略者に対するきびしい戦いが貫徹されるだろう。大駆除者もそう宣言している。まずは狙いを絞った対抗処置をとり、あなたたちからの報告を待つ……計画に参加してもらえるなら」

　最後の言葉にはわずかに気弱さが感じられた。わたしはひそかに、われわれの考えに理解をしめしたラルグの能力を賞讃した。ジャシェムたちが望むなら、そう悪い計画で

はないのだろう。〈シミュレーションにすぎない〉付帯脳が指摘した。〈だが、かれは行動を支援するつもりでいるようだ〉

「ジャシェムの怒りは理解できる」わたしは口を開いた。「第一に、グレイの領主がきみたちにどんな運命をもたらすかを考えたなら。第二に、結局はそれが時空エンジニアに関わることだからだ」

わたしはわざと時空エンジニアに言及した。テクノトールにとって、それは闘牛の赤い布に等しい。

ジャンツは不快そうにかぶりを振り、一時的にパッシヴ体をとった。ラルグとナルドもすこしたじろいでいる。

「そんなことをいう必要があったのか？」ジャンツは巨大な一対の目を形成し、憤然とわれわれをにらみつけた。

「正面から真実に向き合うことは、時として役にたつ」わたしは平然と答えた。「結局、われわれは真実を告げるオモレ人に偽装するわけだしな」

「つまり、同意するのか？」ジャンツが身を乗りだすようにしてたずねた。

「すぐに準備にとりかかろう」と、サリク。

わたしは無言でうなずいた。

5

ジェン・サリク

テクノトリウムをあとにしたわれわれは、オービターのドモ・ソクラトとクリオ、さらにはテングリ・レトス＝テラクドシャンやボンシンとも別れることになった。この任務で積極的にわれわれを支援してくれた駆除部隊も同行しない。アトランとわたしだけだ。

高慢ちきなテクノトールのバーレンベク・ジャンツは、ジャシェム帝国でどんな立場にいるのかよくわからないものの、われわれにサイバネティク・グライダーと通信装置を用意してくれた。グライダー……アトランは〝バスタブ〟という、まさにぴったりの呼び方をした……は、サイバーランドの色彩豊かな風景の上を高速で飛翔していく。この〝バスタブ〟も、当然ながらジャシェムのほとんど理解不能なテクノロジーの産物だ。上面は開放されていて、幅も長さもかなり大きい。駆動エネルギーをどこから得ているのか、エンジンはどうなっているのか、まったくの謎だった。操縦装置はなく、飛行中にどうやって方向を変えるのかもわからない。

グライダーはサイバーランドの地上すれすれを飛んだ。ばかげたことに、長辺側を前にして。風が耳もとでごうごうと音をたてる。

通信装置は黒い小球だった。それを通じてジャンツと話ができ、あのうぬぼれたジャシェムがこちらを呼びだすこともできる。

「むなしい計算はするな、騎士」黒い小球からテクノトールの声がした。「目標エリアに到達したら、通信装置とグライダーは消滅する。グレイの領主やその手下があなたたちの出自を算出できるようなシュプールはのこらない」

「論理的に考えて、われわれ、〝壁〟の内側近くに降ろされるはず」アトランがいった。「サイバーランドでグレイの大軍に捕まったら、自称オモレ人はどこかおかしいと、すぐに気づかれてしまうだろう」

ジャンツはしわがれた、人間のような笑い声をあげた。

「〝かれ〟はすべてを考えている。グライダーはあなたたちをヴァイタル・エネルギーの流路に沿って運んでいるので、グレイ領主の部隊と遭遇することはない。〝壁〟はいまも不安定で突破可能だから、通過するのに問題はない。あなたたちが降りるのは見捨てられたグレイ領域内、〝壁〟の外側近くだ。あとはそちらの手の内ということ」

「おもしろいことをいうな、ジャシェム」わたしは自分のからだを見おろした。いまは両腕がなくなっている。「手はもうないのだが」

ジャンツはユーモアが理解できなかったようだ。かれに皮肉は通用しない。

「サイはすでに領主ムータンに、アトとジェが主力部隊指揮官のブハルとミュルズ＝2にとってどれほど有用か、算出してみせている。かれらのところまで行けば、あとはかんたんだろう」

「サイかわれわれの正体が暴《あば》かれたら、その瞬間に終わりだが」わたしはそういってみた。

ジャンツは無言だ。

われわれのティラン防護服は、またしてもこのうえない力を発揮することになった。この防護服は、レトスがポルレイターの装備品を思考パターンとして持ちだし、スタルセン壁のフォーム・エネルギーからつくりだしたもの。

いまもっとも重要なティランの能力は、いわゆる〝カメレオン効果〟だ。光学的に外観を変えるだけでなく、プシオン・インパルスで着用者の意識に介入するため、テレパシー能力を持った相手でさえ、ティランの奥にかくされたものが認識できなくなる。

カメレオン効果はグレイ作用の外見を模倣したり、防護服の外被が自然な皮膚だと他者に信じさせたりすることもできた。これはアトランもわたしも、すでに実際に利用したことがある。

今回はこの機能を修正して使っている。にせオモレ人サイの例にならって、ティランはわれわれの思考命令にしたがい、両腕が完全に失われた姿をとっていた。見た目はどちらもサイそっくりだ。また、思考フィールドを展開し、細部までその姿にふさわしく偽装している。

武器システムと防御バリアは用なしだ。この完璧な偽装を放棄する必要に迫られた緊急時のみ、使用する。偽装を解くことは思考命令ひとつでいつでもできるが、そんな状況にはならないことを願いたい。

「乱暴な移動だな」アトランが黒い小球に向かっていった。「このバスタブにキャノピーはつけられないのか？」

「あなたたちの予測最終値算出にしたがおう」同時に風がおさまった。目に見えないキャノピーが〝バスタブ〟をおおったのだ。「内側からはどの方向も見通せる」と、ジャシェム。かれが自分から説明しはじめたことに、わたしはまたしても疑念をいだいた。あの傲慢なジャンツがすべてを打ち明けるとは思えない。われわれをもてあそんでいるのだろう。

「遠隔操作しているようだな」と、アトラン。

わたしはうなずいただけだった。

サイバネティク風景が飛び去っていく速度がますますあがる。ジャンツがテクノトリウムから加速しているのだ。風景の細部は、かなり遠くに目を向けないかぎり、ほとんど見分けられなくなった。

大きな都市が地平線上にちらりと見えた。ジャシェム帝国の、いわゆる〝工場〟のひとつだろう。どんな目的のためにつくられたシステムなのかはわからない。確実にわかるのは色だけだ。その工場は白を基調に、明るい赤のリボンが人工都市の全体に不規則にかかっていた。

「奇怪な、ありえないとさえ思える世界だ」アルコン人がつぶやいた。

「ときどき、これは現実なのだろうかと思うことがあります」わたしはそう応じた。「実際のところ、深淵の地とはなんなのか？」

前方に〝壁〟が見えてきて、短い会話は終わった。サイバーランドの強大な防壁はかなりひどい状態だった。プシオン性の膨大なエネルギーがつくりだす混乱した色彩の輝きは数カ所にしか見あたらない。色彩が失われた表面のあちこちに汚れたグレイがひろがり、深いひびや大きな亀裂がそこらじゅうに見られた。

〝バスタブ〟が減速する。

「このままでは危険だ」黒い小球から声がした。「グレイ作用はその領域で、領主の部隊がいなくても足場を確保している。サイバネティク自然はすでに適切に制御できておらず、〝壁〟の反応も充分な正確性をもって外挿できなくなっている」

ジャンツの言葉の意味はすぐにわかった。地表を眺め、壁に隣接してすでにグレイになっている部分を調べる。進行方向の先に大きな穴が口を開けていた。《ソル》でも充分におさまるくらいの大きさだ。ジャンツはその穴に向けてグライダーを飛ばしているらしい。

眼下の風景が死んだようなグレイ一色になった。アトランが驚いたように口笛を吹く。わたしは自分の推測が間違っていたことに気づいた。

グレイの岩のドームがすさまじい勢いで地表から盛りあがったのだ。サイバネティク自然がかたちを変えたということ。〝バスタブ〟はぎりぎりで回避したが、突出してきた岩にあやうく衝突するところだった。この乗り物の防御装備について、ジャンツからはなにも聞いていない。

はげしいジグザグ飛行がつづいた。そこらじゅうでグレイの自然が荒れ狂い、ちいさな高台が炎の息を吐く間歇泉《かんけつせん》に変わる。

赤熱した溶岩が風を切って噴きあがり、われわれが〝壁〟の穴に接近するのを妨害した。また急激に方向が変わり、わたしは神経を圧迫される。積極的に行動できないのがもどかしかった。

アトランもわたしも、ジャシェムの遠隔操作になすすべなく身をまかせるしかない。出来ごとに介入するすべを持たないのだから。

なにかの大きな塊りが飛んできて乗り物をかすめ、〝バスタブ〟が揺れて、わたしは足をとられた。

「ジャンツ！」アルコン人が通信球に向かって叫ぶ。「ここを抜けるのは無理だ。もっとしずかな場所を探せ！」

テクノトールから応答はなかった。

アトランは勢いよく立ちあがった。偽装をかなぐり捨て、両腕があらわになっている。片手で揺れる〝バスタブ〟の縁につかまり、もう片方の手を上にのばす。

手首の部分が開き、重ブラスターが滑りでてきて、アトランの手のなかにおさまった。かれは狙いをつけ、危険そうな塊りを破壊していった。

「あなたの計算時間にはエネルギーの弱点が存在する」通信球からテクノトールの声がした。

「対応が遅いといいたいのですね」わたしは両手首からエネルギー・プロジェクターを出し、敵対的なグレイのサイバネティク自然に対する戦いを支援した。

突然、すべての攻撃がやんだ。〝バスタブ〟はまっすぐ〝壁〟の穴に向かっていく。

「あらためて偽装しろ、騎士！」ジャンツの興奮した声が聞こえた。「アミノ酸コンピュータの電子化学制御も忘れるな！」

アトランがにやりとしてわたしを見た。

「いまのは〝がんばれ！〟という意味だ」

〝壁〟のプシオン圧力はかんたんに相殺《そうさい》できた。それでもサイバーランドのエネルギー障壁は通過しようとするものに抵抗する。グライダーが前後に引き裂かれそうだ。

「耐えろ！　あなたたちならできる」と、ジャンツ。

周囲で炎が踊り、咆哮《ほうこう》が耳にとどく。〝バスタブ〟はきしんだが、持ちこたえた。〝壁〟の穴を通過。サイバネティク風景が眼前にひろがったが、そこではすべてが深いグレイ一色だった。

寒さと無情さと嫌悪感がわたしをとらえる。しばらくのあいだ、全精神力を動員してグレイ作用の光学効果を押しやらなくてはならなかった。目がとらえて脳に投影するものに対する抵抗をティランが支援してくれるが、それでさえ完璧ではない。そのとき、気がついたことがあった。

「通信球が消えています！」アトランをつついてそういう。

アトランは無言でうなずいた。かれのオモレ人の偽装は、ふたたび完璧になっている。わたしもすぐそれにならった。

〝バスタブ〟は直進しながら深淵の地の地表に近づいていた。速度はまだ大きく、高度は四百メートルくらいだ。

乗り物がいきなり消滅した。一瞬のうちにグレイの靄《もや》になり、吹き散らされる。わたしは空中にほうりだされ、アトランを見失った。

ティランの力を借りて望まない飛行を安定させると、ようやく周囲を見まわす余裕ができた。アルコン人は数メートルはなれて滑空していた。

「あの高慢ちきなジャシェムに、この借りは返してやりますよ」と、かれに声をかける。

「あいつはわれわれをサイバネティクスのおもちゃみたいにあつかった」

アトランは地表に目を向けていた。わたしも無言で同じようにする。まず着地して、足の下にしっかりした地面を感じるのが先決だ。

＊

それ以上ティランにたよることはできなかった。すぐに正体がばれてしまう。だから徒歩で適当な方角に進むことにした。

さまざまな色にきらめくサイバーランドにくらべ、ここはグレイ一色だ。自然が生みだすあらゆるものがグレイに染まっている。念のため、攻撃的に見える動物は避けて進んだ。意味のない戦いはしたくない。かくし持った武器を使わざるをえなくなれば、正体が露見してしまうかもしれない。

アトランが急に足をとめ、前方を顎でさししめす。わたしも気づいた。深淵の地にかかる雲にほとんどまぎれて、グレイがかったベージュの斑点がふたつ見えている。

「ラタンだ」と、アルコン人。「斥候に使われる小型版だな。われわれ、発見されたと考えていいだろう」

ソルジャーと同じく、ラタンもティジドが遺伝子技術工場でつくりだしたものだ。グレイの大軍はおもにソルジャーとラタンで構成されていた。ソルジャーが兵士であるのに対し、ラタンはもともと輸送用に利用され、小型のものは斥候や伝令にも使われる。

外観についていえば、この人工物はテラの初期に存在した翼竜に似ている。われわれが発見した二体は鳩よりもすこし大きい程度だ。そのまま飛び去ってしまったが、すでにわれわれのことを報告したのは確実だろう。

十分もしないうちに、推測が当たっていたことがわかった。それぞれ二、三名のソルジャーを背中に乗せた大型ラタンの群れが迫ってきたのだ。

われわれは包囲された。銃を突きつけられたが、どのみち抵抗する気はない。ラタンから降りたソルジャー二名が〝走行手〟でわれわれに近づいてきた。

このおかしな生命体を前にして、わたしは嫌悪をおぼえた。ソルジャーは一見、自然の生物に思える。ただ、それはごくひろい意味でだ。結局はティジドが遺伝子操作でつくりだした人工物なのだから。ムータン領にいたとき、アトランとわたしは遺伝子技術工場をいくつか見てきていた。

そこでは細胞マトリックスをサンプルとして記憶させ、それをもとにムータンの兵士たちを再生産またはクローン化して、理論上は無限に生産することができた。

ソルジャーは自然の生物のように見えるといっても、人類には似ていない。身長はおよそ二メートル、長く強靭な下肢で移動する。われわれはこれを〝走行手〟と呼んでいた。その可動性も器用さも、人類が持つ一対の手となんら遜色《そんしょく》がないから。ソルジャーの手は六本指で、そのうち二本がおや指だ。

「ソルジャーV＝二七六・四四一とK＝〇八〇・九一一だ」片方のソルジャーの、硬貨大の発話膜から声が響いた。「おまえたちは何者か？」

幅ひろい肩の上にシリンダー形の、頸のない頭がついている。頭の上半分には色のついたリングが六本あった。色はつねに変わりつづけている。感覚器官はそのなかだ。光と音とにおいをそこで感じている。その下にはかすかに脈動する呼吸孔が四つあった。

「ジェといいます」わたしは内気そうに答える。「もうひとりはアトです。オモレ人という種族ですが、すでに絶滅しました。いまは悲しみのなかで孤独に生きています。運命に翻弄《ほんろう》され、新しい主人を探しているところです」

ソルジャーはなにも答えないが、こっそり主人に報告しているのは明らかだった。

重要な基準はわれわれのグレイ状態の評価だ。ジャンツは特殊サイバーモジュールのサイが領主ムータンの信用を得たときのことを、詳細にわれわれに話していた。アトとわたしはそのオモレ人の設定からかけはなれた行動はできない。

ティランはわれわれの要請を完全に満たしていた。思考に応じて適切な行動パターンを選択し、それにしたがって外観を動かし、思念も偽装している。われわれの知るかぎりソルジャーにテレパシー能力はないので、考えを読まれる心配はなかったのだが。いずれにせよ、できるかぎり完璧な状態で任務をはじめたかった。

アトランは用意しておいた話を物語った。オモレ人が凋落《ちょうらく》したこと、望まない放浪のこと、いまはあらたな主人を見つけて真実を見いだす能力を生かしたいと考えていることと。

失われた両腕と、ほとんどグレイの滑らかな皮膚、それにわれわれの受け身の態度を見て、グレイの人工生命体はこちらを信用したようだ。かれらの主人、とくに領主ムータンが同じように反応するかどうかは、わからない。とはいえ、必要ならティランで戦うか逃げるかという選択肢は、まだあった。

ソルジャーの反応はない。

頭の下方にある硬貨大のグレイの発話膜の動きがとまった。一ソルジャーがわたしに近づいてくる。その前肢が身体検査をするかのように、わたしのからだに触った。わたしはじっとしたまま、無言で人工生物を観察した。

淡いグレイの皮膚の下に太い筋肉と腱のうねりが見える。一体型の戦闘服はぴったりとからだに貼りついて、本来の体形とほとんど違いがない。革のようなその素材はかすかに光をはなち、グレイの皮膚よりもベージュがかった色合いだった。

腰の両側には大型の分子破壊銃と麻痺銃を装備している。アトランとわたしは無害と判定されたようだ。当初われわれに向けられていた銃は、すでにホルスターにおさまっていたから。

心理的な交渉に気を使う必要はなかった。ソルジャーにはわれわれのような脳はなく、感情や自我を発生させる余地のない、固定プログラミングされた生体コンピュータに制御されているから。

そのため、強力な腕に無言で拘束され、ラタンのところまで引きずっていかれても、アトランもわたしも驚きはしなかった。もちろん、抵抗はしない。われわれはソルジャーのあいだにはさまれ、ラタンに乗る。翼竜はすぐにスタートして急上昇した。

ふたたび目の前に、もろくなった〝壁〟があらわれた。ラタンはまっすぐそちらに向かっていく。それが意味するのは、かれらの指揮官がサイバーランド内にいるということにほかならない。

思ったとおりだ。

指揮官は〝壁〟の状態をジャンツよりもよく把握しているらしく、ラタンはわれわれを乗せたまま、大きな亀裂を問題なく通過した。わたしは方角を見定めようとしたが、やってみるときわめてむずかしかった。感覚としては、テクノトリウムに向かっているのではなさそうだ。

だが、アトランにそのことを告げようとは思わなかった。敵の疑いを招くだけだから。アルコン人はソルジャーの前にうずくまっている。兵士のひろい背中がわたしの視界をさえぎっていた。

「サイを見ませんでしたか?」アトランが大声でたずねた。

「しゃべるな!」グレイの人工生命体が荒々しくいう。

グレイ化したジャシェム帝国の風景が後方に飛び去り、大軍がはじめて見えてきた。飛行はさらにつづいていく。ソルジャーやラタン、巨大な戦闘マシン、グレイ種族の戦士の軍団が集まっている。わたしは身震いし、領主ムータンがどれほどの戦力をすでにサイバーランドに送りこんでいるかを実感した。グレイの大軍の隊列は無限につづいているかのようだ。

それでもまだ、ニュートルムの深淵の独居者が〝壁〟をもとどおりにするという希望は捨てていない。そのときなにが起きるかはわからないが。ヴァイタル・エネルギーとグレイ作用の力の均衡が実際にはどんなものなのか、わかっていないから。

たとえ〝壁〟がふたたび閉じても、ソルジャーやラタンはしばらく活動をつづけられるだろう。そのあいだにテクノトリウムを落とすことさえできるかもしれない。

われわれを運ぶ人工生命体は途中で部隊をはなれ、方向を変えて丘に向かいはじめた。

ラタンがそこに着地する。ソルジャーは無言でわれわれを地上に降ろし、翼竜とともに姿を消した。

アトランとわたしは無言で顔を見合わせた。いちばん近いグレイ軍団は二、三キロメートル先にいるが、ここにはとくになにもない。

「ふたりだけになってしまったようだ、ジェ」アトランがつぶやいた。監視されているのではないかというかれの疑念を言外に感じる。「サイの姿はどこにもない」

「それはどうかな」わたしは反論した。「ここにはなにかがあると感じる」

数メートル先で空気が揺らぎ、かろうじてそれとわかるエネルギー壁が生じた。輪郭が徐々にはっきりしてくる。一辺の長さが三十メートルほどの立方体があらわれた。その上にななめになった屋根が出現。エネルギーが濃密になり、深いグレイになる。

アトランとわたしはあとじさった。

「動くな」目に見えない男の声が響く。

わたしは即座に理解した。

「サイ！」と、うれしそうにいう。「声は聞こえたが、姿が見えない。どこにいる？」

グレイの立方体の下方の一部が黒くなった。その暗い穴から影があらわれる。

「サイじゃない！」アトランがパニックをよそおって叫んだ。

その姿ははっきり見定められなかった。どこか焦点が合わない。輪郭はつねに流動していた。グレイのマント姿であることが徐々にわかってくる。マントは全身をつつみこみ、床にまで達していた。腕や脚はかくされたままだ。

マントについたフードが頭をぴったりとおおっている。影がわずかに横を向き、顔のあるべきあたりがちらりと見えた。なにかが浮かんでいるようで、その色はグレイと黒のねっとりした粥を思わせた。

同時に、それがだれなのかに気づく。

フードつきマントに身をつつんだグレイの影は、ほかならぬ領主ムータンだった！

6

ボンシン

テクノトリウムのコミュニケーション・ホールは大騒ぎになっていた。ジャシェムがこれほどあわててるのは見たことがない。興奮にとらわれているのはかれらだけじゃなくて、そこらじゅうで白熱した議論が戦わされていた。駆除者たちもそうだ。とりわけ大駆除者は吠えるような大声をあげていて、ほとんどひと言も理解できない。

テレパシーで情報を得ようとしてみたけど、ほんのすこししか成果がなかった。ジャシェムも駆除者も、テレパシーで思考を探るのに適した対象じゃないから。

このごちゃごちゃ状態をおもしろいとは思ったけど、ジャシェムとその帝国に迫る脅威を忘れたわけじゃない……それは深淵の地全体を脅かしている。さらにはぼくや、深淵の騎士や、ほかのオービターたちのことも。

一名のジャシェムが情報伝達者として壇上に立った。肉体を変形させ、上の三分の二をメガホンのようなかたちにしている。かれはそれを使って大声を響きわたらせた。どこから情報を得ているのかは、よくわからない。ときどきサイバーモジュールが色鮮やかなちいさなプレートを手わたし、ジャシェムはそれをふくらんだ肉体にとりこんで、メガホンから大声で叫んでいる。

内容はもっぱらグレイの大軍の侵攻状況だった。ぼくの知らない場所の名前がたくさん出てくるので、正確なようすを思いえがくことはできない。それでも時間がたつごとにはっきりしてくるのは、グレイ作用がどんどん拡大しているってこと。サイバーランドの多くの工場が陥落したり、グレイ領域に包囲されたりしている。グレイ作用をしりぞけられるのはヴァイタル・エネルギーだけだけど、その流れもどんどん悪化している。

それもこれも、ジャシェム帝国を防御していた〝壁〟があちこちで崩れてるせいだ。だいたい、ジャシェムたち、報告に耳をかたむけてるんだろうか。全員、ひどくいらいらして、パニックを起こしている。めちゃくちゃな状態をまともにできる指導者がいないんだ。コルヴェンブラク・ナルドやフルジェノス・ラルグみたいに経験豊富な深淵の技術者たちでさえ、群衆の大騒ぎに埋もれてしまっている。

ぼくはホールのまんなかあたりにある棚の上に、手足を縮めてうずくまっていた。ジャシェムはぼくがいるのを知ってるけど、いつものとおり、まったく無視している。テングリ・レトス＝テラクドシャンとのつながりは弱くなっていた。騎士は気を散らされたくないんだろう。ニュートルムからの情報に意識を集中している。たいした情報はないにきまってるし、まったくないかもしれないけど。深淵定数の上にあるニュートルムは、深淵の地のほんとうの心臓部だ。深淵の独居者という、特殊な地位にあるジャシェムがひとりで住んでいる。

そこで決定的な方針が決まるんだ。

深淵に吸収されたグレイ領主たちのメンタル影響を受けた独居者は、高度な技術装置を使って〝壁〟を不安定にさせてしまった。もちろん、それはかれが自分で自分の意志を制御できなくなっていたせいだ。招かれざる客の意識が独居者にとりついたってこと。それを追いはらうことができたのは……えへん……ぼくの力だったのさ。独居者は〝壁〟の構造亀裂やひびを修復すると約束した。

だけど、それはまだ実現していない！

レトスは情報を待ちわびていて、なにかわかればすぐにぼくにも伝えてくるはず。独居者がなにもいわなかったとしても、〝壁〟の構造がいいほうに変化すれば、かれにはそれとわかる。

独居者は修復に日数がかかるといっていた。アトランとジェン・サリクは三、四日から五日くらいだと考えているけど、いまわかったのは、それだけあればグレイの大軍は余裕でジャシェム帝国に急侵攻し、グレイ作用をひろげられるということだ。

今後のなりゆきはかんたんに予想できる。なんとか独居者がまにあううちに〝壁〟を修復し、グレイがひろがるのを終わらせれば、騎士と深淵の技術者とサイバーモジュールと駆除部隊は戦う準備ができるけど……そうでなければ、サイバーランドは終わりだ。その意味はだれでもわかる。それで多くのジャシェムは残念ながら、頭がぶっ飛んでしまってるんだ。その言葉どおり、ホール内にいる一部のジャシェムは、ほかの者たちや情報伝達者の言葉を頭で理解できなくなっている。

アトランは〝ダチョウ症候群〟といってたけど、ぼくには意味がよくわからない。いいオービターが当然そうするように、ぼくはときどきレトスに集中した情報を送っていた。受信はしているはずだけど、反応はない。いずれにせよ、たいした情報は送れなかった。ほとんどのジャシェムが敵をたたきつぶしたいと思っていることは、かれもよくわかっている。大駆除者だって、もうためらう気はないだろう。

駆除者たちは、前には領主ムータンの思いどおりに操られていた。そのムータンが敵の指導者であることは、みんな知ってる。バーレンベク・ジャンツの特殊サイバネティクス、サイから聞いたから。

いまのところ、アトランとサリクの言葉に耳を貸す深淵の技術者はほとんどいない。慎重にやれって騎士たちがもとめているんだ。グレイ軍団の大部分はどこかの深淵種族で、グレイ作用の犠牲者だから、かんたんにやっつけてしまうわけにはいかない。これは騎士が平和を愛しすぎてることとは関係なく、自由意志を持った知性体に対する敬意のあらわれだ。本人のせいじゃないのにグレイ作用にやられてしまったんだから。グレイ作用を打ち負かすことができれば、きっともとにもどるはず。

だけど、本来の問題はそこだ。ほんとうに領主ムータンの部隊を押しとどめることができるのかな？　ジャシェムがなりふりかまわず最後の手段を使わないかぎり、不可能に思える。

ドモ・ソクラトとクリオはぼくの近くにいて、ふたりの騎士がここにいないことを残念がっている。ふたりならいまの状況に介入できたはずだから。ソクラトもクリオもテクノトールたちの頑固さに驚いている。ジャシェムの考えも理解できなくはないけど。

グレイの領主がサイバーランドの住民をどうするつもりか、よくわかっているんだろう。ついに数名のテクノトールが計画に沿って動きだした。大気工場長のフォルデルグリン・カルト、重力工場長のカグラマス・ヴロト、〝ハト派〟のリーダーで放射能工場長のコルヴェンブラク・ナルド、〝タカ派〟のリーダーで温度工場長のフルジェノス・ラルグはすぐにわかる。四名は集まり、口をそろえて同じことをいった。礼儀正しいけどきっぱりと、興奮している者たちにおちつきをもとめる。大まかな計画ができたといっても、ほかのジャシェムたちの協力は不可欠だから。

徐々に騒ぎがおさまっていく。情報伝達者も沈黙した。

ぼくは四名のテクノトールがひどいことにならなければいいなと思っていた。かれらはグレイ力のせいでつらい体験をしてきている。カルトとヴロトの工場は領主ムータンの大軍に最初に襲われたし、ナルドとラルグは深淵に吸収されたグレイ領主たちがニュートルムで暴れたとき、すぐ近くにいたから。

その四名に、べつのテクノトール三名が合流した。そのうちの一名は変わり者のバーレンベク・ジャンツだ。かれは〝自由テクノトール〟と呼ばれているようだった。たぶん特定の工場を持っていないからだろう。

あとの二名はテクノトリウムの調整に当たっているテクノトールで、ここの担当者ということらしい。名前はエヴターリン・トラスとフォルマタン・プロス。どちらもひどく横柄で、工場のジャシェムにほとんど無礼な態度で接している。深淵の技術者は同族の前だといつもすごく礼儀正しいのに、めずらしいほどだ。ま、ぼくらはもうジャシェムの無視や傲慢な態度にも、軽蔑のしぐさにも慣れてしまったけど、テクノトリウムのジャシェムが同族に接する態度はそれに近いものだった。

あわただしい状況のせいだろうと、ぼくは思うことにした。

そこにジャンツが進みでて、いつになくきびしい顔でトラスとプロスに向かい合った。「二度はいわない」と、脅すようにいう。「よく聞け。これはこの事態を解決する唯一の方法だ。エヴターリン、映像壁にグレイの大軍のようすと、サイバーランドにおけるかれらの現在位置を表示してもらいたい。フォルマタン、きみはグレイの大軍がテクノトリウムに到達した場合、どう防衛すればいいかを算出し、結果をしめすのだ。べつの部屋でな。ここではじゃまになるから！」

どちらもそろって青白くなり、細い姿に変わった。まるで枯れた藪みたいで、事情を理解して謝っているような感じだ。プロスはコミュニケーション・ホールを出ていき、トラスはサイバネティク壁面を巨大なスクリーンに変えた。

その中央にテクノトリウムがある。外側をぐるりとかこんでいるのが〝壁〟だ。ぼくはようやく、グレイ作用がどれほど進んでいるかを実感した。ジャシェム帝国の防護壁は八カ所で、数百キロメートルにわたって崩れていた。そこから続々と敵が侵入してきている。

ちいさな構造亀裂が生じてもろくなっている部分はとても数えきれない。千カ所を超えているだろう。

グレイの大軍は大きく二方向に進み、そこから六つに分かれていた。どういう戦略なのかは、もっと情報がないとわからない。ただ、論理的に考えたら、領主ムータンの最終目標がテクノトリウムなのはまちがいないだろう。いまヴロトもそういっていた。絶対確実とはいえないけど。

五名のジャシェムはグレイ領主の次の目標について議論した。かれらはすぐれた技術者だけど、ちゃんとした防衛戦についてはよくわかってないらしい。どうでもいいような言葉の定義をしょっちゅう問題にしている。

　アトランがここにいたら、きっと手近なテーブルをたたいて壊していただろう。でも、かれとジェン・サリクはサイとともにグレイの大軍に潜りこんで情報を集めている。まだ連絡はないけど、変装してまぎれている以上、それはしかたがない。

　ジャンツとトラスがまだグレイ領主の戦略について議論しているあいだに、ほかのテクノトール四名は多くの仲間からいい反応をもらっていた。

　全体として決まったのは、敵を攻撃するさいはなるべく武器を使わず、グレイにされた犠牲者たちの被害をできるだけ減らすこと。ぼくはほっとした。クリオとソクラトも安心したようすだ。

　テクノトールたちはこの決定を〝思考実験による予測最終値算出の結果〟と表現した。深淵の騎士のいうとおりにしたとはひと言もいわない。すでに何度か高慢ちきなところを捨てて性格がよくなったはずのラルグさえ、アトランとジェン・サリクの名前を出そうとはしなかった。

　いつか、あの傲慢さにお返しをしてやるぞ！

　ジャンツとトラスの議論は結論が出なかった。領主ムータンがなにをたくらんでいるのか、大部分はわからないままだ。

だけど、しばらくすると状況がポジティヴに変わる。自由テクノトールが急に腕を振りあげ、甲高い声で叫んだ。

「サイから報告があった！　これでいろいろわかるはず」

かれは勝ち誇って、ちっぽけなサイバーモジュールをかかげた。

からだの襞《ひだ》から小型装置をとりだし、サイバーモジュールをそのなかに押しこむ。はっきりした声が響きわたった。

「こちらは深淵の騎士アトランだ。サイの手がはなせないので、かれの一モジュールを通じてわたしから報告する。ジェン・サリクとわたしはグレイ領主の主力部隊指揮官二名の専門相談役に抜擢された。わたしはふたつの口で話す生物ブハルについている。ジェンはミュルズ＝2といっしょだ。ブハルと同じく、ふたつある主力部隊の片方を指揮している。主力部隊がふたつあることはもう気づいていると思う。きみたちがまだ内輪もめをしていて、分別ある行動をとっていないならべつだが」

ジャシェムたちはしばらく沈黙したあと、怒って声をあげた。とくにジャンツは自分のつくったサイが報告してこなかったことに、かなり不満がありそうだ。ほかのテクノトールたちはアトランがお説教じみたことをいったのが気にいらないんだろう。

「とにかく、スパイを使うというアイデアを考えたのは〝かれ〟だ！」自由テクノトールは太い腕を上体の中央に生《は》やして強く胸をたたいた。だけど、注目はほとんど集まらなかった。小型サイバーモジュールがまた話しはじめたから。

「領主ムータンがあらたな命令を出した。実際に姿を見せたわけではない……わたしが気づかなかっただけかもしれないが。注意をおこたるな、ジャシェム！　ブハルの部隊はテクノトリウムからはなれていくように見えるが、それは陽動だ。きみたちが出撃するのを待ってミュルズ＝2が分遣隊六個で足どめし、そのあいだにブハルが電撃的にテクノトリウムを攻撃することになっている。なすべきことはわかったはず。うぬぼれた考えは忘れて、持てるすべての技術で対処するのだ。ただし、グレイ化しただけの罪のない者たちを危険にさらすな！」

　ぴしっと音がして、サイバーモジュールが塵《ちり》になった。役目を終えたんだ。

　ぼくはテレパシーでレトスに報告し、満足感を分かち合った。こんどは返事があった。

「悪くない、ちびオービター。ただ、テクノトールの力がすでに大きく損なわれている事実を忘れるべきではないだろう。まだグレイ領主のほうが優位に立っている」

　ちょっと気にいらない話だった。

＊

　二時間後、大騒ぎだったコミュニケーション・ホールはおちつきをとりもどし、計画どおりに作業がはじまった。テクノトールの大部分はすでにいなくなっていた。仕事の割り振りが決まって、必要な準備をするために散っていったから。駆除部隊はプロスの助っ人としてテクノトリウムを防衛することになった。

ジャシェムは最初、すべてを複雑に考えてたけど、決断したらかんたんなことだった。武器なしでグレイの大軍を追い返せばいいんだから。レトスがもう一度テクノトールに連絡して、深淵の騎士ふたりがそのまま向こうにいることを伝え、グレイにされて救いを待っている者たちと同じくふたりのことも危険にさらしちゃだめだと釘を刺した。

狙いがはっきりすると、テクノトールたちはサイバネティク兵器をたくさんつくりはじめた。原料のサイバーモジュールはいくらでもある。結局、かれらの世界はそうした人工物でできているんだから。それらを分解して、大型の麻痺砲や拘束フィールド・プロジェクター、麻痺銃や思考弱体化装置や幻惑機につくりかえた。計画はうまく進んでいた。

問題なのは、システムそのものを考えだして制御することだ。とくにシステム構築は急がなくちゃいけない。そのため、ジャシェムの二グループが思考を集中して、それぞれがひとつの精神集合体を生みだした。これがさまざまな能力を発揮する。

まだグレイ作用の影響を受けていない地域から大量のモジュールを集めてきて、テクノトリウムを中心に半径数百キロメートルの巨大な工場が建造された。すべては深淵の技術者の集合意識だから可能になったことだ。

あっという間に数百万の戦闘システムができあがった。もうひとつの集合意識が完成品を思考で操作し、使用可能な状態にする。三台に一台はミュルズ＝2と分遣隊六個のほうにまわされ、あとの三分の二は無害なものに見せかけて、ブハルが攻撃してきそうな方面に置かれた。

ジャシェムは休む間もなく、新しい、より大型のシステムにとりくんだ。防衛のための行動はほかにもあった。

まだ完全にはグレイ作用に侵されていない工場……今回はじめて動かす予備の工場もいっぱいある……に、テクノトールが送りこまれる。

この作業はぼくも手伝った。二百八十一名のジャシェムを目的地にテレポーテーションさせたんだ。感謝の言葉はなかったけど、そんなことはどうでもいいよ。

それが終わると、ふたたびレトスとコンタクトした。かれは作業の進捗をよろこんでた。できることはすべてやるつもりだったから。それでもまだ不安はあるようだ。領主ムータンはなお優位をたもっているし、〝壁〟はまだ、ざるのように穴だらけだし。

「アトランとジェンのところに行ってくる」と、かれはぼくにいった。「待機して、ジシャシェムのじゃまにならない範囲で、できるだけヴァイタル・エネルギーを吸収しておけ。グレイ作用を無効化するには、ほとんどあらゆる場所でエネルギーが必要になる」

「わかった。なにをするつもり、わが騎士？」

「領主ムータンと対面してもいいころだ。独居者はまだ〝壁〟を制御できていない。騎士が行動するしかないということ。ムータンを捕らえられれば、半分勝ったようなものだ。怪物の顔も見てみたいしな」

「顔があるとは思えないけど」待っているだけというのは気にいらなかった。

「顔はだれにでもあるのさ、つむじ風。たとえグレィの領主でも。いままでに見せてきたのがほんものの顔とはかぎらない。待つのだ！　きみが必要になったときのために、呼びかけは聞き逃さないようにしておけ！」

　ぼくは無言でうなずいた。

7

アトラン

領主ムータンがブハルに小手調べの戦闘を命じたことで、わたしはティランのなかで冷や汗をかいた。ブハルの強襲部隊の先遣隊にすぎないとはいえ、破壊的な力のある脅威なのだ。

いまはわたしの主人となっているブハルは戦闘指揮所の中央に両脚を開いて立っていた。指揮所は縦・横・高さがそれぞれ八十メートルの装甲グライダーで、数体のロボットと数名のグレイ生物が勤務している。

わたしは背景にひかえて、ブハルがなにかをミスしたときに指摘したり、オモレ人には可能ということになっている〝真実の告知〟をしたりしていた。付帯脳のおかげで、わたしにとってはどうということのないゲームだ。

司令スタンドのモニターと通信装置の数は百を超えている。ブハルは命令をふたつの口で交互に発しているが、ときどき両方でべつべつの指示を出すこともあった。ふたつのことを同時に考えられるだけでなく、それぞれの指示を同時に出すこともできるにちがいない。

不気味な感じがした。かれは感情というものを表にあらわさない。外観が変化しているようにも感じたが、はっきりとはわからなかった。

先遣隊はテクノトリウムに小手調べの攻撃をかけることになっている。サイバーランドの中心施設がどの程度の防御力を有しているか、知っておきたいのだろう。

ブハルの大きな頭蓋のすぐ上に見えるモニターにはグレイの領主のシンボルが輝いていた。かれの全体的な印象はドモ・ソクラトを連想させる。ただ、ブハルはハルト人ではなかった。出自はまったく見当がつかない。

「テクノトリウムが陥落しないと見たら、即座に攻撃を中止しろ」領主ムータンの声が聞こえた。「部隊がパニックにおちいって撤退したように見せかけて、ジャシェムの油断を誘うのだ」

わたしは思わず唇を嚙んだ。この計画は知らなかったから。サイのサイバーモジュールを使ってもう一度テクノトリウムに連絡を入れようにも、もう手遅れだ。

主力部隊指揮官がすばやくこちらに目を向ける。わたしはこの機会に飛びついた。まだ時間を稼ぐ意味はある。

「攻撃は失敗するでしょう」と、ひかえめにささやく。「どんな武器を使っても同じです」

「おまえはわかっていない」片方の口が雷鳴のような声でいった。同時にもうひとつの口からも声が出る。「領主のご命令は実行されねばならない」

ブハルはつづけざまに命令をくだし、モニターを注視した。メインスクリーンにものものしいテクノトリウムがうつしだされる。

グレイの大軍の前衛が無数のロケット弾を撃ちこんだ。だが、テクノトリウムに到達する前に超高温の熱線で火の玉に変えられ、深淵定数に突っこんでいってしまう。大型ラタンに乗ったソルジャーのみで構成された先遣隊が突撃を開始。

機能の不明な大型マシン類がそれにつづいた。火の玉が消滅すると、多重防御バリアが巨大都市のほとんどをおおっているのがわかった。外縁部のサイバネティク建造物はいくつか崩壊していたが、成果があったとはとてもいえない。

「BとCを投入！」ブハルが叫んだ。戦闘熱に浮かされているようだ。

部隊後方にひかえたマシンが動きだし、テクノトリウムの胸壁に大きなグレイの球体を発射した。エネルギー兵器にしては速度がけっこう遅い。

〈エネルギー兵器ではない〉論理セクターがいった。わたしの一手先を考えていたようだ。

ふたたび熱線がほとばしった。それはラタンのすぐそばをかすめ、乗っているソルジャーがほんものの生物だったら、とっくに死んでいただろう。バリアにあるわずかな亀裂めがけてソルジャーが殺到する。

数カ所でバリアが揺らいだ。ソルジャーの足に踏まれた場所ではサイバネティク地面がグレイに変色する。

比較的弱いこの程度の攻撃に対して、これがテクノトールにできる精いっぱいなのか？　とても信じられなかった。ジェン・サリクに呼びかけそうになったが、正体が露見する危険を考えて思いとどまる。

グレイの球体がようやくテクノトリウムにとどいた。かなりの高さで破裂し、いくつかはグレイの粘液をばらまいた。それがねっとりした雪片のように地面に浸みこむ。ほかの球体は破裂しても、すぐにわかるようなことはなにも起きなかった。

〈毒ガス、バクテリア、ウィルスだな〉と、付帯脳がつぶやく。〈BとCはバイオとケミカル、つまりグレイの生物化学兵器だ〉

熱線の発射はつづいている。べつの兵器も投入された。百キロメートル四方ほどあるテクノトリウムの都市の一角にある建物がまとめて破壊され、空中に吹っ飛んだ。防御バリアは数カ所で完全に崩壊している。ブハルの部隊は強力な牽引ビームを使ってあらたな亀裂をつくりだしているようだ。

わが主人はこの部分的成功にたいそう満足しているらしく、口のひとつを開けて大きな笑い声をあげた。

「やれるぞ!」と、もうひとつの口がいう。

ジャシェムはついに防御の的を絞りはじめた。しかし、これは悪手だった。敵がほんものの生命体ではないことを考慮していない。ラタンとソルジャーはグレイの産物ではあるが、ヴァイタル・エネルギーの影響を受けにくいよう、技術的につくりだされた存在だ。

そのとき、大爆発が起きた。間断ない熱線に防御バリアが耐えきれなくなったブハルのマシンが、次々に破壊される。

ブハルは顔をしかめた。

「終わりのはじまりですね」わたしがほがらかにいうと、暗い視線が飛んでくる。「小手調べの終わりということ」急いでそうつけくわえると、ふた口男は気をしずめた。

揺らいでいたバリアがふたたび安定する。数千体のラタンとソルジャーがなかにとりのこされ、その場にあらわれたサイバネティクスにたちまち殲滅《せんめつ》された。ブハルはしかたなくその部隊を放棄したが、グレイ領主の命令はおぼえていたようだ。

最後の力押しであらたな亀裂をつくり、生きのこりを脱出させる。ラタンは背中に乗せていたソルジャーがもどるのも待たずに逃げ帰ってきた。

サイバネティクスは追撃してきたが、グレイの球体が破裂して内容物を散乱させたあたりまでしか進めなかった。

奇妙なきらめきや液体が床をおおい、あるいは塵やガスとなってたなびいている。最終的にバリアが閉じると、どちらの陣営も攻撃にうつろうとはしなくなった。

「それでいい、ブハル」領主ムータンの満足そうな声が聞こえた。「ミュルズ＝2が陽動作戦を開始する。テクノトリウムに総攻撃をかける準備をしろ」

「わかりました、わが領主！」と、ふたつの口が同時にいう。

問うような視線がわたしのほうを向いた。

「いい計画です。こんどは勝てるでしょう！」わたしはそう答えた。

内心ではまったくべつのことを考えている。深淵の独居者はブハルがテクノトリウムに攻撃をしかける前に〝壁〟を閉じることができるだろうか？　深淵の技術者たちはなぜ、あれ以上反撃しなかったのか？　なにか情報が入ったのか？　それとも、内部統一がとれていないのか？

〈ジャシェムがこの緒戦《しょせん》に全戦力を注《そそ》ぎこんだとしたら、おろかというしかない〉付帯脳が指摘した。〈防御バリアが揺らいだとき、グレイの領主を油断させるためにわざと出力を絞ったという印象を受けた〉

その仮説に反論する機会はなかった。べつの声が割りこんできたから。テングリ・レトス＝テラクドシャンだ。

〈ハロー、アト!〉かつてのスタルセンの鋼の支配者は、まるで楽しんでいるかのようだった。〈ミュルズ=2が総攻撃を開始した。ジャシェムたちはきみのメッセージを受領して、準備はととのっている〉

〈領主を撃退できそうか?〉わたしはたずねた。

〈いや!〉レトスは笑い声をあげた。〈状況を引っくり返すなにかが起きようとしてはいるものの、ムータンがあきらめることはないだろう。だから注意して、準備しておくことだ。時期がきたら領主を捕獲する〉

　レトスはメッセージの内容に触れようとしなかった。漏洩《ろうえい》の恐れを排除するためだ。領主ムータンの主力部隊指揮官たちが使う技術的トリックについては、まだわからないことがある。だからわたしも口を閉ざしていた。

　とはいえ、ほかにも気づいたことがある! レトスはとうとう、ときにあまりにも受動的なわれわれの態度にうんざりしたようだ。グレイ領主の襟首をつかんでやりたいのだろう……わたしだってそうしたい。それがどれほど困難かということは、このさい別問題だ。

〈次はジェと話してみる〉かれはそういって、精神接続を切った。

　わたしは周囲を見まわし、ブハルの姿を探した。見ると、かれはすぐ近くに立っている。一瞬、気をとられ、状況の変化に気づくのが遅れた。すくなくとも二十名のソルジャーがわたしを包囲している。

「裏切り者め！」と、主力部隊指揮官。「こんな邪悪なことを考えつくとは、おまえはいったい何者だ？」

レトスと話しているとき、瞬間的にティランの機能が停止したか、ブハルと部下たちがなんらかの技術的手段で偽装を見破ったのだろう。いずれにせよ、もう手遅れだ。

直後に一ソルジャーが未知の装置をわたしに向けて叫んだ。

「腕が二本あります！」

「オモレ人ではありません」と、べつのソルジャー。

「結果が出ました」ポジトロニクスの機械的な声がいった。「深淵の地にオモレ人という種族は存在しません。かつて存在したこともありません」

ブハルの力強い腕が頭上から飛んできた。わたしをその場で粉砕しようとするかのようだ。だが、恐怖はない。この時点でもう、ティランにたよってもよくなったから。

「憎むべき深淵の騎士のひとりだな」領主ムータンの声が通信装置から聞こえた。「それはアトランだ。ミュルズ＝2のところの自称オモレ人がジェン・サリクだろう。たたきつぶせ。サイはすでに始末した」

ブハルが立ちつくした一瞬、悲鳴のようなべつの報告が入った。

「〝壁〟がふたたび閉じました！」

偽装は完全に意味を失ったので、放棄した。通常の状態にもどるため、ティランに思考命令を送る。

＊

すぐに両腕が自由になった。

ティランもいつものパステルカラーにもどった。同時に個体バリアと防御バリアが展開。ほとんど無意識につながっているジェン・サリクとのコンタクトも復活した。サリクもわたしと同じ、危機的状況にあるようだ。

「撃て！」ブハルが後退し、腕をおろしながらいった。

四方八方から灼熱のエネルギーを浴びせられたが、ティランがなんなく防御する。通信装置が作動し、サリクが応答した。銃撃音がはげしくてよく聞こえないが、こちらと同じようなことになっているらしい。

「攻撃しろ、ジェン！　この場合、攻撃こそ最大の防御だ」

ティランの六つある武器システムを次々に作動させ、周囲に向かって発射する。ブハルとソルジャーたちはなにが起きたのかわからないようだ。

六つの〝鏃《やじり》〟は高エネルギー・ビーム発射システムで、射程はほぼ十メートルあり、自動的に標的を探す。わたしの思考に反応する、こぶし大の〝ティラン衛星〟だ。見た目がちいさいため無害に思えるが、とんでもない！

ティランのシステムを使えば、十メートル以内の範囲で最大六つを制御できるのだ。

発射の指示を声に出す必要はない。

鏃はエネルギーをソルジャーに向けて吐きだした。ブハルがわたしの戦闘手段を見て悲鳴をあげる。その手には重火器が握られていた。そこらじゅうからロボットが殺到してきて、戦闘に介入する。ティランのすぐれた性能をもってしても、このなかで長く生きのびるのは不可能だろう。

鏃をひとつ回収し、重力中和モードに切り替えてブハルの頭上に配置する。かれが武器を発射すると、そのからだが反動で吹っ飛び、それたビームが司令スタンドの一部を破壊した。

ほかの鏃はソルジャーとロボットを牽制《けんせい》している。わたしはそのひとつを使って司令スタンドの出入口をふさぎ、増援が入ってこられないようにした。

ブハルは器用に空中で旋回し、こんどは狙いどおり、重力中和装置を撃ち抜いた。わたしは即座に次の鏃を麻痺と暗示の複合ビームにセットした。すぐには気づかれないよう、ブハルのからだの近くに配置する。ふた口男だけを狙ってビームを発射。

効果がない。ブハルはロボットなのか？　それとも完璧な防御が可能なのか？

〈戦え！〉付帯脳が警告した。〈考えている時間はない。まずここから脱出するのだ。

すぐに領主が介入してくるはず〉

わたしは戦闘の混乱から抜けだそうと、全武器システムで同時にブハルを攻撃した。向こうはやすやすと防御しているようで、わずかにからだが揺らいだだけだ。

通信装置から甲高い音が響いた。グレイの領主のシンボルを表示した画面が真っ赤になる。

「終わりだ！」ブハルがすべての動きをとめていった。「領主ムータンがわれわれ全員を破壊する！」

なにが起きたのか、これからなにが起きるのか、ぼんやりとしか理解できなかった。ムータンがブハルの装甲グライダーに外部から総攻撃をかけるようだ。ブハルはすでに覚悟して、あきらめている。

わたしは瞬時にティランの足首にある装置を作動させた。同時に鏃を上に向け、エネルギー・ビームで司令スタンドの天井を溶かすと、できた通路を全速で通過。

まだ外に出ないうちから周囲が白熱した。熱風に翻弄され、しばらく方向がわからなくなる。ティランの防御機能は限界まで酷使されていた。

思わず目を閉じる。わたしは直観的思考だけをたよりに、この大爆発を切り抜けようとした。氷のような冷気が手をのばしてくると同時に、灼熱地獄に着地した気もした。思考が制御できない。わかるのは自分がまだ生きているということだけだ。

ティランがサリクの感覚を伝えてきた。こちらの状況とそっくりだ。目を開けてみたが、見えるのは闇ばかりだった。脳の機能は正常に復しているのだが。

闇はティランが周囲のあらゆる影響からわたしを守ろうとしているせいだった。

サリクの感覚が伝わってきて、領主ムータンが向こうにも同じ攻撃をしたことがわかった。グレイの領主はブハルとミュルズ＝2を躊躇《ちゅうちょ》なく切ったのだ。重用している主力部隊指揮官二名を犠牲にしてでも、憎い深淵の騎士を排除しようとしたということ。

ゆっくりと光がもどってきた。

〈偽装するのだ！〉付帯脳が警告してくる。

ティランに指示して、飛翔可能なソルジャーの姿をとる。そのあと周囲を見まわした。そこは巨大クレーターの上空数百メートルのところだった。眼下にはグレイに変じたサイバネティク風景がひろがっている。ほかの場所がどうなっているかは想像にかたくない。

ムータンはブハルの戦闘指揮所を巨大な炎で破壊していた。どうしてわたしがその地獄から脱出できたのかは謎だった。ティランのおかげなのはまちがいないが、それにも限度がある。わたしは破壊のすさまじさにかぶりを振るしかなかった。

この出来ごとにも動じることなく前進するグレイの大軍を見ていると、サリクのポジティヴなオーラが伝わってきた。かれもぶじに脱出したようだ。

サリクもわたしのオーラを感じ、同じ結論に達したらしい。合流して、レトスとともに次の手を打たなくてはならない。

二名の主力部隊指揮官の死も、サイバーランドの戦いにおいてはあまり意味がない。レトスはそれを正しく認識していた。

この戦いはジャシェムが前面に出なくてはならない。騎士はグレイ領主の相手をする。そうしなくては、危機を真にしりぞけることにはならない。

わたしはこの破壊された場所を早急にはなれることにした。ムータンはすぐに後任の指揮官を任命し、〝騎士の死骸〟を捜索させるだろう。あらたな偽装は長くもちそうになかった。

ティランの最高速度の時速百キロメートル程度では、そう遠くには行けそうにない。サリクもこちらに向かっているとしても、合流するのはかなり遅くなってしまうだろう。だが、わたしはレトスかつむじ風が介入するのを期待していた。

8

領主ムータン

こんどこそ深淵の騎士ふたりを葬った。疑いの余地はない。のこるはテングリ・レトス＝テラクドシャンだけだ。遅かれ早かれ、かれも無力化するが。

〝壁〟は閉じたが、たいして気にもならなかった。グレイの大軍はすでにサイバーランドに到達している。ブハルはブハル＝2と、ミュルズ＝2はミュルズ＝3と交代させればいい。重要な地位にある者たちの予備を準備しておいてよかった。

だが、なんといっても出色の一手はグレイ・テントの位置だった。〝壁〟が閉じる直前、大きな亀裂がある場所に移動させておいたのだ。〝壁〟がもとの姿にもどるのを見こして！

部隊の位置は隣接領域から確認できる。グレイ・テントはいまや〝壁〟に穿たれたトンネルとなり、最悪の場合でも、わたしは安全にジャシェム帝国から脱出できる。

だが、いまはそんなことを考える気などなかった。

ジャシェムに対する決定的な勝利はもう目前だ。〝壁〟がどうなろうと、その点に変わりはない。

わたしは円盤形グライダーから状況を観察した。グレイ・テントは当面、放棄しなくてはならないから。時間が貴重だった。ジャシェムはわたしの部隊に対する防衛力の強化に集中しはじめている。

ミュルズ＝3は結果を出していた。

まっすぐテクノトリウムに向かい、のこされたグレイのシュプールの上を六個の分遣隊が前進して、鍵となる地域にいつでも介入できるようにしている。この小部隊もまた、熱意と技能で任務を遂行するあらたな主力部隊指揮官に服従していた。

わたしはウー＝八六三を帯同していた。科学者の役割はグレイ作用とヴァイタル・エネルギーの不均衡を測定・観察し、表示することに特化している。テクノトリウムをめぐる戦いの帰趨《きすう》はこの不均衡にくわえ、こちらの部隊の効率と、わたし自身の戦略にかかっていた。

被毛におおわれた科学者からは定期的に連絡が入る。いまはこちらが圧倒的優位にあるが、どんな脅威が生じるかわからない。

「七十三から二十七です」ウー＝八六三がいった。「減少傾向が見られます」

〝壁〟が再生したせいにちがいない。だが、その影響はすぐになくなるとわかっていた。

テクノトリウムが陥落し、サイバーランドがグレイ化したなら!

「ミュルズ＝3にあらたなヴァイタル流です」

わたしはちらりとデータに目を向けた。ジャシェムがあらたな流路を開いたのだろう。

右翼の突撃部隊の進行が全体に滞っている。

思考命令でべつのモニターに現場の状況を表示させると、あちこちでひどいことになっていた。グレイでなくなった風景のなかを、ソルジャーとラタンだけが迷いなく前進している。通常生命体はヴァイタル・エネルギーのせいでグレイ化が解け、武器を放棄したり、ソルジャーやラタンを攻撃したりしていた。

見たところ、ソルジャーとラタンはどうすればいいのかわからないらしく、かなりの混乱が生じている。カオス状態の一歩手前だ。

わたしはミュルズ＝3に、仮借なく反乱を鎮圧するよう指示した。かれらがグレイにもどらないようなら、処分してもかまわない。ジャシェムにはわずかなチャンスさえあたえてはならなかった。

先遣隊がふたたび停滞し、わたしは怒りをおぼえた。

「進め!」と、叫ぶ。

ミュルズ＝3はわたしの声に、目に見えてひるんだ。

かれがわたしのグライダーにあらたな映像を送ってきたので、停滞の原因がわかる。

部隊前方の風景が一変していた。ジャシェムが工場を使い、ありとあらゆるものに手をくわえていたのだ。

強大な重力がソルジャーとラタンを地面に押しつぶし、ティジドの遺伝子技術工場で生産された者たち数体が弾け飛んだ。雹《ひょう》が嵐のように部隊に襲いかかる。自然が荒れ狂っているのだ。テクノトールにはさまざまなことができる。ほんの数秒で、温度が氷点下から沸点まで変化した。短時間のあまりに極端な変化で、ロボットも次々と故障する。

わたしが介入するしかないようだ。ミュルズ＝3の主力部隊にくわえ、予備の小部隊六個を送りこむ。かれらは幅数千キロメートルの、安定したグレイの地域を通過した。

そこでまたしてもジャシェムの不快な待ち伏せにあう。サイバネティク風景の隆起が数呼吸のあいだに変化し、地面から巨大なマシン群が出現して、エネルギー障壁を展開したのだ。さらに不可視の麻痺ビームが生命体をばたばたと薙《な》ぎ倒した。ここでもグレイ化が解け、またしても反乱が巻き起こる。

ミュルズ＝3はいまや主として重火器にたよっていた。サイバネティク製造物を吹き飛ばし、部隊は前進を再開。後続の飛行部隊がさらに先行した。

「六十九から三十一」と、ウー＝八六三。「逓減率《ていげんりつ》が増しています。べつの大きな影響が生じたようです」

「どこだ？」わたしは叫んだ。

科学者は主力部隊指揮官の司令スタンドと、四百三十キロメートル先にあるテクノトリウムの最外縁との、ちょうど中間の一点を指さした。

「遠隔操作エネルギーを投入！」と、ミュルズ＝3が命じるのが聞こえた。

だが、命令が復唱される前に、科学者のモニターにまばゆい炎があらわれた。見えないヴァイタル・エネルギーの波が主力部隊指揮官とその周辺を直撃したのだ。

わたしはミュルズ＝4を活性化させ、すぐさま行動にうつらせた。

三千台の中和装置がテクノトリウムに向かう。ほとんどはジャシェムの防御バリアに触れて破壊されたが、十台ほどが亀裂をつくるのに成功した。ウー＝八六三がヴァイタル・エネルギーの出どころと指摘した場所だ。

大型ロケット弾がその亀裂を通過し、サイバネティク風景にクレーターをつくる。

ヴァイタル・エネルギーはたちまち干あがった。

ミュルズ＝3は一帯を、予備部隊と自分ごと消滅させた。ヴァイタル・エネルギーによる変化が、もうもとにもどせないレベルだったから。数百のソルジャーとラタンが失われたが、まだ数百万あるから問題はない。

部隊の前進がくりかえし停滞していることがはっきりしてきた。テクノトール側が力を合わせている。だが、決定的な成果はあがっていないようだ。

「六十四から三十六！」

これ以上は待てない。

「ブハル＝2！　標的A、テクノトリウムだ！」

第二波の攻撃で決まるはず！　わたしはそう確信していた。

＊

アトラン

すでに半時間は飛びつづけている。眼下の風景は一面のグレイで、生命の存在は感じられない。ヴァイタル・エネルギーのシュプールも見あたらないが、グレイの大軍の姿もどこにもなかった。

ティランの通信装置を作動させるつもりはない。発見されてしまうだろうから。ジェン・サリクからの連絡もなかった。それでもティランの機能で、かれが比較的居心地のいい状態にあり、危険が迫っていないことははっきりとわかる。

レトスとつむじ風の生死も不明だった。わたしの希望はかれらにかかっている。だが、事態はまったく異なる進展を見せた。

「やあ、アト」すぐ近くからはっきりした声が聞こえた。わたしは速度を落とし、周囲を見まわした。なにもない。「みごとなスパイ活動だった！　だが、〝かれ〟はそれ以上をもとめている」

〝かれ〟のひと言でだれだかわかった。あの高慢なジャシェム、バーレンベク・ジャンツにちがいない。

〈小型サイバーモジュールを使って話しかけているのだろう〉と、付帯脳が指摘する。

「ジャンツ、いまいましいモジュールはどこだ？」わたしはそう問いかけた。

「自由テクノトールはきみが出した課題の解決が可能だと考えている」いい方は偉そうだが、おもしろがるような調子もうかがえる。「とはいえ、既知の基本データに論理的に外挿してみると、たいしたことではなさそうに思える。きみに必要なのは移動システムだ。〝かれ〟がそれをあたえよう」

相いかわらず晦渋《かいじゅう》なものいいだが、現実はわたしの予想をこえていた。ジャンツはわたしの質問に答えず、しばらくして見おぼえのある乗り物をよこしたのだ。サリクとわたしをグレイの大軍のところに運んだ〝バスタブ〟を。もちろん、同じものではないだろう。あのとき乗ったものは使命を終えて塵になってしまったから。わたしはなかに乗りこんだ。

「指示は？」明らかにジャンツのおかしな気まぐれを反映した奇妙な乗り物がたずねた。ただ、声は製造者とはまるで違っている。

「ほかの騎士の居場所がわかるか？　ジェン・サリクの？」

「わたしはなんでも知っている！」テクノトールそっくりの傲慢な口調だ。「かれのところに行きたいのだな」

「そのとおりだ。アクセルを踏みこめ、バスタブ！」

「理解できない言葉だが、意味は完璧に解釈できる。加速して、ジェン・サリクのところに向かう」

わたしはソルジャーの偽装を解いた。どうせこの乗り物には正体がわかっているのだ。ジャンツの手腕を高く評価しないわけにはいかなかった。

これでティランののんびりした速度にたよる必要はなくなった。〝バスタブ〟に乗ると眼下の風景は勢いよく飛び去っていき、細部はわからなくなった。グレイ作用がひろがっていることだけはわかるが。

十分もかからずにサリクのところに着いた。手を振ってわたしを迎えている。ジャンツから聞いていたのだろう。

それぞれの経験談はかんたんにすませた。いまはもっと重要なことがある。サリクもレトスの居場所は知らなかった。もと光の守護者は、テレパシーで接触することでなにが起きるか、よくわかっているのだろう。だから沈黙しているのだ。

「どこへ行きます？」と、サリクがたずねた。

「最初の決断がなされるはずのところへ。わたしのもと指揮官の部隊だ」

「なるほど」〝バスタブ〟がいった。「ブハル＝2の部隊だな」

「ブハル＝２？」サリクを見ると、かれもわかっていないようだ。

「テクノトリウムを攻撃するよう命令を受けた、新しい主力部隊指揮官の名前だ」空飛ぶサイバネティクスは加速しながら、深淵定数の影響が感じられるまで高度をあげた。この乗り物にも高度の限界は適用される。

「偽装完了」と、簡潔な報告があった。どういう偽装なのかはわからない。とくになにかが変わったとも思えなかった。だが、ジャンツの〝バスタブ〟は信用できる。

眼下に最前衛の部隊が見えてきた。〝バスタブ〟はその上空を飛び過ぎたが、敵が注意を向けるようすはない。偽装の効果はこれ以上ないもののようだ。

わたしが地上の観察に専念しているあいだ、サリクは〝バスタブ〟の機能を調べていた。おかげでモニターを表示でき、敵本隊の動きや戦場のようす、工場とテクノトリウムの状況を知ることができた。

「ミュルズ＝４はもう動けない」いきなりジャンツの声がした。「われわれが使えるヴァイタル・エネルギーをすべてそちらにまわしたから。ブハル＝２のほうは技術的な力でおさえている」

「ようやくわかりやすい表現になったな」と、サリク。「だが、ミュルズ＝４とは何者だ？」

「ミュルズ＝３の後任だ。それ以外のなんだと？」

「領主ムータンはわたしが下着を替えるよりも早く指揮官を替えているな」サリクはそういって笑った。

ジャンツはなにもいわない。わたしは注意をいまの状況にもどした。ジャシェムは充分な防御を構築している印象だ。

とはいえ、グレイの大軍と強大なサイバネティクス・マシンとの戦闘はつづいていて、防御バリアもしばしば変更されている。〝バスタブ〟は砲撃音や爆発音からわれわれの聴覚を保護していた。

それ以外にもジャシェムの工場が環境を操作して介入している。光、気温、重力、天候などが狂ったように変化し、個々の事象はとても追いきれない。場所によってはサイバネティク風景そのものが変化し、いきなり巨大な穴が生じて敵部隊をまるごとのみこむといったことさえ起きていた。

この戦闘の帰趨を最終的に決するのはヴァイタル・エネルギーだ。〝壁〟がふたたび閉じたいま、グレイ作用には克服できない限界が生じたことになる。ヴァイタル・エネルギーが優位に立ったことをしめす最初の兆候もあらわれていた。

グレイの領主にとっては、ただちに侵攻を成功させないと手遅れになることを意味する。テクノトリウムを制圧し、ふたたび〝壁〟を崩壊させなくてはならない。深淵定数の上にあるニュートルムからプシオン障壁を管理している深淵の独居者のことは、どうやらよく知らないらしい。知っていればとっくに攻撃をあきらめているだろう。

ジャンツの報告によると、ミュルズ＝4の部隊はすでに変貌しはじめているという。サイバーランドの貯蔵庫から放出されたヴァイタル・エネルギーがグレイ生物をもとの姿にもどしているのだ。ソルジャーとラタンは抵抗しているが、長くはもたないだろう。強力なヴァイタル・エネルギーを浴びると、たちまち塵と化してしまう。

領主ムータンの軍勢は陽に当たった雪のように、徐々に解け崩れていった。

ブハル＝2は最前衛をどうにかテクノトリウムの外縁から百キロメートルのところまで前進させたが、戦力はすでに激減しており、そこに向きを変えたヴァイタル流が押しよせた。グレイ生物は大挙してもとの姿にもどっていった。

ほぼ同時に、数えきれないほどのサイバネティクスがテクノトリウムからあふれだした。強力な浚渫機《しゅんせつき》に似たマシン群が敵の頭上を飛びまわり、スコップのような腕と牽引ビームでグレイ化の解けた兵士を回収し、電光のようにすばやくテクノトリウム内に運びこむ。ヴァイタル・エネルギーのなかでさらに回復をうながすのだ。

駆除部隊もこの行動を支援している。わたしはほっとして息をついた。これで無辜《むこ》の生命体を確実な死から救いだすことができる。

ブハル＝2は予備部隊を投入した。

さまざまな種類の戦闘マシンが五十キロメートル以上の幅で、テクノトリウムのちらつく防御バリアに突進する。実際、最初はうまくいきそうに見えた。だが、ジャシェムもまだ予備戦力をかくしていた。

敵の大部隊の足もとでサイバネティク風景が溶岩の海に変わった。深淵定数のすぐ下に強力なプロジェクターが出現し、重力ビームで敵をそのなかに沈めていく。

まばゆい光が地表全体をゴールドのきらめきでおおいつくし、飛ぶもの、走るもの、這うものすべての上にヴァイタル・エネルギーが降り注いだ。空中のロケット弾が瞬時に塵になる。

ヴァイタル・エネルギーの次の大波は、ジャシェム帝国全体を巨大な雷のように打ち据えた。

「最後の備蓄ぶんだ」ジャンツがぼそりという。「これで充分なはず！」

数百万の戦闘マシンやラタンやソルジャーが行軍していた場所に、数分のうちに静けさがもどった。地面がふたたびかたくなる。数千の生命体がうろうろしていたが、サイバネティクスと駆除者がかれらを安全な場所に誘導した。

無傷のマシンもあったが、もう命令にはしたがっていない。あるいは、兵士の耳にもマシンの受信装置にも、もう命令がとどいていないのかもしれない。指示がとどかないまま、戦闘可能な部隊は進軍をとめ、どうにもならない混乱状態におちいった。

サリクは〝バスタブ〟の助力で、ブハル＝2の乗った戦闘艦を発見した。かれにつつかれて目を向けると、ちょうどテクノトリウムからのエネルギー放電が直撃するところだった。ぐらつく装甲艦にヴァイタル・エネルギーが襲いかかる。艦はちらつく防御バリアに守られていたが、ゴールドの光が降り注ぎ、やがて青白い塵になって霧散した。のこったグレイの大軍はばらばらになって敗走。その足と重力クッションの下で、地面が調和と秩序のたもたれた色彩豊かな輝きをとりもどした。

われわれの勝利だ。残党は後続のサイバネティクスがかたづけた。ミュルズ＝4も同じような最期を迎えた。

「任務はまだ終わっていない」レトスのテレパシーの声が頭のなかに響いた。「グレイの領主は健在なままだ。グライダーで〝壁〟に向かっている」

「〝壁〟は通過できないはずでは」と、サリク。

「できるのだ！　かれは事前に脱出路を確保していた。エネルギー製の司令スタンドであるグレイ・テントを〝壁〟の亀裂のひとつに設置していたため、そこだけは完全に閉じていない」

「急げ！」わたしは断固とした声でいった。「こんどこそ逃がさない！」

返事はなくても、サリクとレトスも同意したのがわかった。

ジャンツの〝バスタブ〟が急発進する。

ティランがサリクの決意を伝えてきて、わたしはさらに発奮した。

9

領主ムータン

すべておしまいだ。わたしの大軍は無に帰した。ヴァイタル・エネルギーの波により、生命体は心地いいグレイを奪われてしまった。

のこったのはわたしだけだ。

怒りにまかせてウー＝八六三をほうりだした。ひとりになりたかったから。わたしが自分以外の生命体といっしょにいるのは、そもそも例外的な場合だけだ。

圧倒的な大敗を喫しても、わたしは怒りをおぼえなかった。この敗北さえ、全体の大きな流れを変えることはできない。

わたしが恐れる唯一のものはニー領の領主たちの怒りだった。かれらの怒りだけはなんとしてもまぬがれなければならない。失敗したらどんな運命が待ち受けているか、よくわかっている。深淵に吸収され、あとは無があるばかりだ。

グライダーがはじめて大きく揺れた。ヴァイタル・エネルギーのインパルスが明確なシュプールを描いて後方に去っていく。速度は落ちたが、乗り物はなおも〝壁〟に向かって進みつづけた。

こんな状況でも、わたしの自信は揺るがなかった。進むべき道は決まっている。新規巻きなおしだが、尻ごみはしていない。

ジャシェム帝国が一度の攻撃で陥落しなかったのは、意外でもなんでもなかった。だがテクノトールもかなりの損害を出したろうし、エネルギー備蓄はほとんど放出してしまったはず。すべてはあのいまいましい〝壁〟のせいだ。グレイ作用がサイバーランドを席巻するのを、もうすこしのところで阻止されてしまった。

次の攻撃では今回の教訓を生かそう。もっと〝壁〟の破壊に注力すべきだった。あの障壁を完全に排除しなくては。

探知機がいくつか信号を受信した。

いちばん強い信号は〝壁〟そのものからだ。やや弱いのはグレイ・テントがトンネルを維持している場所になる。わたしはますます減速するグライダーをその方角に向けた。後方にはサイバネティクスの反応がある。わたしを追ってきた者たちだが、距離はすっかりはなれている。追跡をあきらめたようだ。捕まったらなにをされることか！

またべつの、さらに弱い反応があった。〝壁〟に向かうわたしの側方から接近してくる。ほぼ完全にステルス化されたジャシェムのグライダーだろう。対応するのはかんたんだ。

ここでも〝壁〟近くのサイバネティク風景はもとの姿にもどっていた。グレイ作用はそこらじゅうで干あがり、グレイ・テントの周囲にシュプールがのこっている程度だ。

そのときようやく、とるにたりないと思っていたグライダーが、グレイ・テントが〝壁〟に穿ったトンネルにまっすぐ向かっていることに気づいた。わたしは疑念をおぼえた。

思考命令で高速ゾンデを射出する。ゾンデはプシオン障壁の手前の中間目標ポイントに向かった。

グライダーの自動警報が鳴りだした。ヴァイタル・エネルギーのインパルスが到達し、機体を分解しはじめている。自立司令スタンドごと移動する必要がありそうだ。グレイ・テントはどれほどヴァイタル流を浴びても、長期間安定して存在できるよう構築されている。

モニターはふたつしかない。片方にはゾンデからの映像を表示させた。

ジャシェムのグライダーがグレイ・テントに到着。乗員はすでに外に出ている。肉体を持つふたつの存在と、肉体のない、ぼんやりした姿ひとつが感知できた。

かれらが何者なのかわかったとき、深淵の吐息がわたしをとらえた。

深淵の騎士たちだ！

またしても生きのびたのか！

アトラン、ジェン・サリク、テングリ・レトス＝テラクドシャン！

サイバーランドでの戦いには敗《やぶ》れたが、深淵はここで三名の騎士を失うことになる。

かれらを殺せば、この敗北の復讐にぴったりだ！

＊

アトラン

レトスがまだ現状について話しているあいだに、サリクとわたしは〝壁〟におかしな部分を見つけた。ジャンツから〝バスタブ〟を通じて伝えられた情報から、それが領主ムータンのグレイ・テントだろうとわかる。

グレイ領主の見えない司令スタンドは、いまや〝壁〟に穿たれたトンネルのようなグレイの通廊になっていた。開口部は半円形で、高さおよそ二十メートル、幅はその倍くらい、長さはたっぷり百メートルほどある。まっすぐ反対側まで見通せるが、発生源不明のエネルギー流のせいで、奥のほうはかすんでいた。

側壁と天井はベトンを思わせる。地面はふつうの土のようだ。つまり〝壁〟がある場所の地面はサイバーモジュールではないということ。

「ムータンが接近している」レトスがいった。「たぶんトンネルを使ってサイバーランドから脱出するつもりだろう」

「そうはさせない」と、サリク。

トンネルにはすんなり入れた。特異性は感じない。ここになんらかの装置があるとしても……トンネルが維持されている以上あるにきまっているが……われわれには感知できないらしい。

グレイ作用はかすかに感じられる程度だ。出口の向こうがどうなっているのかは、いまのところ関係ない。

目に見えないレトスがまだいっしょにいるうちに、地平線上に小型グライダーがあらわれ、数秒後にはトンネル開口部の手前に着陸した。サイバーランドの床に触れると、円盤形グライダーはその場で塵になった。

まるで灰のなかからよみがえる不死鳥のように、フードのついた長いマントをまとった、長身のグレイ領主ムータンがあらわれた。

昂然と頭をあげて近づいてくる。やはり顔は判別できない。フードのなかでなにかが揺れているだけで、その色はときにグレイ、ときに黒に見える。

〈相手を甘く見るな！〉論理セクターが警告した。

わたしは答えなかった。レトスとサリクがいっしょでティランを着用していれば、安全だと感じていたから。

領主ムータンはわれわれに気づかないふりをしている。かれは数歩手前で足をとめ、マントの下からグレイの手をのばすと、とがめるように指を突きだした。

「おまえたちは死ぬことに決まった！」陰にこもった声だ。「わが部隊の潰滅に手を貸した〝壁〟が、おまえたちを滅ぼすのだ。みずからの罪によって死ぬがいい！」

なにか答えようとしたが、ひと言も発することができなかった。目に見えない力が内側からわたしを窒息させる。ティランの防御はほとんど役にたたない。腕をあげて武器システムを作動させようとしたが、すでに身動きできなかった。

サリクも同じような状態だ。レトスの存在は感じられない。

領主ムータンは耳ざわりな笑い声をあげた。

「わたしの力を見くびったな！　わたしとグレイ・テントの力を。ばかめ！　グレイ・テントを使って〝壁〟を通過できるわたしに、どうして勝てると思ったのだ？」

サリクがわたしの横で、見えないこぶしに殴られたかのように床に倒れた。かれの苦痛が伝わってくるが、助けることができない。レトスに呼びかけることさえ不可能だ。

わたしにもはげしい力がたたきつけられた。生身だったらばらばらに吹き飛んでいただろう。ティランのおかげで衝撃はかなり相殺されたが、それでもその場に倒れるのは防げなかった。

ムータンがわれわれのあいだに歩を進める。輪郭のない顔からしわがれた笑い声が聞こえた。

「あれを見ろ！」と、グレイ・テントのトンネルの奥を指さす。

奇妙なマシンとプロジェクターの輪郭がどこからともなく出現した。トンネルの全長にわたってずっとつづいている。

浮遊ロボット一体が滑空してきて、サリクとわたしをスコップ状の腕でつかんだ。われわれは持ちあげられ、トンネルのなかへと連れこまれた。

「不可視の者に希望を託すな」グレイの領主があざける。「かれは中和フィールドのなかにいて、そこから出ることができない。おまえたちのそばにいてもな」

ロボットがわれわれを落下させた。ぱちぱちと音がして、トンネル内にエネルギー・フィールドが形成される。サリクとわたしはわずか数平方メートルの小空間にいた。すべての亀裂が閉じると、不気味な圧力も消え去った。ふたたび動けるようになる。サリクも同じだ。

「してやられたな」レトスの声がすぐ近くから聞こえた。

領主ムータンはエネルギー・フィールドの反対側に立っていた。わたしとサリクが武器システムを作動させ、バリアの向こうの領主めがけて大出力で発砲しても、身動きひとつ見せない。バリアは揺らぎさえしなかった。

「わたしをとめようとしても無意味だと、これでわかったろう、騎士。とめることなどできない！　わたしは帰還して、あらたな大軍をつくりあげる。次の攻撃でサイバーランドは陥落するだろう。だが、おまえたちがそれを目にすることはない。その前にグレイ・テントを消去するから。そうなれば〝壁〟が閉じ、そのエネルギーがおまえたちを押しつぶす」

かれはわれわれのいる檻《おり》を迂回し、出口に向かった。

われわれは凍りついている。

ムータンはグレイの一装置の台座から出現したプラットフォームの上に立ち、進みつづけた。

サリクが悪態をつき、わたしも汚い言葉をつぶやいた。

出口に到着する寸前、プラットフォームがなにかにぶつかった。わたしも到着してすぐ気づいたのだが、そこにきらめくものが見える。機体がかたむき、ムータンは引き返してきた。

「〝壁〟だ！」わたしは驚いて叫んだ。「そうとしか考えられない。グレイの領主でさえ、深淵の独居者の力にはかなわないのだ」

領主ムータンは数体のマシンを障壁に突進させた。エネルギー反応でトンネル内に音が響いたが、きらめきは相いかわらずそのままだ。数歩先にあるはずの自由を得るためのさまざまな試みは、すべて失敗に終わった。

やがてムータンがもどってきた。

「いまいましいジャシェムめ。わたしにも突破できない構造を〝壁〟に組みこんでいたらしい」

「じつにいい気分だ」わたしは平然とそういった。

「いい気分になるのは早いぞ、騎士。不可視の者に、テレパシーでテクノトリウムに連絡させろ。〝壁〟に亀裂をつくらないと、おまえたちを殺すと！」

〈拒否しろ！〉それまで黙っていた付帯脳が口をはさんだ。〈チャンスだ！　どっちにしても殺すつもりだし、〝壁〟を通過できてもそうするだろう。だが、レトスにはチャンスができる。テクノトールが直接〝壁〟を制御できないこと、制御できるのは独居者だけだということを、ムータンが知らないのは明らかだ〉

そのとき、とぎれとぎれに聞こえてくる思考があった。

「あそこに炎が！」サリクがエネルギー檻の一点を指さした。色が変化している。

十二本の矢がビームを発射し、檻の封鎖フィールドが揺らいで一瞬だけ構造亀裂が生じた。だが、こちらはすぐに対応できない。

領主ムータンは憤慨し、すぐにまた構造亀裂を閉じた。

「もういい。そこで死ね！　おまえたちがいなくても、脱出口を見つけてみせる」

輝くエネルギーの壁が迫ってきて、またあの内部から窒息する感覚が強くなった。からだが硬直し、意識が薄れる。

完全に感覚が失われる直前、あたり一面がきらめくゴールドの光につつまれた。ヴァイタル・エネルギーの奔流だと確信し、わたしは内心で喝采した。ボンシンがようやく介入に成功したのだ。封鎖フィールドが揺らいだ隙を利用して、レトスが呼びかけたにちがいない。

輝く光がグレイの領主をとらえ、数メートルはなれた場所にアバカーが実体化した。ムータンはウナギのように身もだえている。強襲から逃れられず、かれは怒りの声をあげた。

エネルギー檻のバリアが揺らぐ。サリクとわたしはありったけの武器で攻撃を集中させた。バリアがまもなく破れると思ったから。だが、それは同時に〝壁〟がこの最後の人工の亀裂を閉じることを意味する。

バリアが崩壊した。グレイ・テントの壁がいっせいに迫ってくる。

「こっちに！」サリクが叫んだが、わたしは魅せられたように、輝きを増すムータンの姿を見つめていた。

つむじ風がサリクと姿をあらわしたレトスをつかみ、テレポーテーション。

ほぼ同時に、グレイ・テントの壁が手のとどきそうなところまで迫ってくる。ムータンはわたしの目の前に硬直したまま立っていた。その顔は不明瞭なままだが、フードつきマントは白く輝いていた。

「早く！」つむじ風がわたしの横に実体化した。「領主はここに置いていく。いいよね？」

かれは返事を待たず、テレポーテーションしようとしてわたしの手をとった。ジャンプする直前、わたしはムータンの白く輝くマントを引っつかむ。かれをここで死なせるつもりはない。

つむじ風とともに脱出したとたん、〝壁〟が鋭い音をたてて背後で閉じた。

アバカーはまだたっぷりとヴァイタル・エネルギーを貯蔵していて、それを領主ムータンに注ぎこんだ。

ムータンのからだが白くまばゆく輝き、グレイ作用の最後の影響が消え去ると、一ヒューマノイドの姿があらわれた。靄のなかから顔が形成される。そこには善良で感謝に満ちた、理解の表情が浮かんでいた。

光の姿がテレパシーで語りかけてくる。

〈一時空エンジニアをグレイの呪いから救済してくれたことに感謝する。この呪いがひろまった責任は、われわれの恥ずべき傲慢さにあった。わたしはまもなく死ぬだろう。それでも感謝するのは、深淵に吸収されるのではなく、通常の死を迎えられるからだ。わたしはあまりに長くグレイでありすぎたため、すべての領主がたどる生きつづける道、ヴァジェンダを通る道を進むことはできない。時間はもうのこされていないだろう。深淵の騎士とジャシェムと、すべての深淵種族に許しを請いたい。わたしと仲間たちは、あなたたちにとりかえしのつかない苦悩を背負わせた。時空エンジニアの最初の動機はすばらしいものだったのに、いつしか犯罪に手を染めてしまった。それを償うもっとも恐ろしい罰として、グレイの領主に変貌することになったのだ。それが深淵の地にさらなる苦しみをもたらした。ニー領の領主たちに、どうか寛大さを！　わたしから懇願する！　ヴァジェンダの助けでかれらをグレイの呪いから解放してやってもらいたい！救済の道はそれしかない！〉

光でできた姿が揺らぐ。時空エンジニアの言葉はわたしの胸を打った。なんという不正がおこなわれたのか！

「つづけてくれ、ムータン！　きみの協力が、きみの言葉が必要だ！」

〈グレイの呪いだ〉思考が弱々しくなり、ほとんど人類と変わらないかたちをした肉体の輝きが薄れていく。〈最後の時空エンジニアたちの計画を阻止するのだ！　聞いているか、騎士よ？　かれらは深淵の地の救済を計画している。絶望した者たちの小グループ、まだグレイ化していない者たちが……望むのは変革……行動と計画……実際には絶対的な破滅で……ニー領の領主たちは知っている……ただ待っているだけ……かれらの勝利は近い、ごく近い……〉

思考は意味不明なつぶやきになり、光の輪郭がみるみる崩れていった。

時空エンジニアは死んだ。

われわれはしばらく、灰になったその肉体の前に立ちつくした。

「まだ終わりではありません」サリクがいった。

「そうだな」わたしはくらくらする頭を振った。「ジャシェムたちと話をしないと。だが、進むべき道は決まった。ヴァジェンダをこえて光の地平に向かう。ムータンの説明は不明確だが、最後の時空エンジニアが計画を実現するのを阻止しなくてはならない。それができるのは光の地平だけだ」

「ただ、ヴァジェンダと光の地平のあいだにはニー領があります。グレイ領主たちの帝国が！」

あとがきにかえて

嶋田洋一

COVID-19のせいでいつにも増して引きこもり状態になっている。それでも徐々に変化は起きていて、緊急事態宣言が解除されたのを受け、六月なかばには市の公民館なども利用できるようになるという。これで吹矢の練習が再開できるわけだが、やはりいきなり元どおりとはいかない。今までは毎週二十名程度がいっしょに練習していたところを十名程度の二チームに分け、隔週で一チームずつ使おうかという話になっている。一メートル間隔で六人が並んで吹いていたのを、二メートル間隔で三人にしようというわけだ。

吹矢は年配者でも無理なくできるスポーツということで、わたしが練習に通っているところでも七十代、八十代の参加者がかなり多い。中には肺の病気で手術をして、リハビリがてらという人もいる。そんな人が重篤な肺炎を引き起こすCOVID-19に感染したら命が危ない。

そんなわけでどこも神経質になっていて、日本スポーツウエルネス吹矢協会は以下のような指針を出している。

・室内の開放に努める。
・最初に的面を拭く。一的を複数人が使う場合、交代のたびに的面を拭く。
・矢を抜いたあと的面を拭くことを習慣づける。
・ドアの取っ手やノブ、イス、机、的台を拭く。
・消毒剤を使う（エタノール、次亜塩素酸水、次亜塩素酸ナトリウムなど）。
・筒はティッシュペーパーなどで拭き、拭いたものは一回ごとに捨てる。
・体験会などで筒や矢を共用しない。

次亜塩素酸水については「効果が確認できない」という報告が出ているが、この指針が出たのが四月下旬なので、そこはしかたがないかな。

これを踏まえて今後の練習をどうするか話し合ったのだが、全部を守るのはいささか困難というか、そもそもエタノールがまだなかなか入手できない。当面は備蓄分でしのいで、少々高くても見かけたら買っておくということに。無水エタノールなら入手できるかもしれないという人がいて、それを希釈して使うことも考えている。幸い、品薄状態はだんだんと解消されているようなので、そのうち問題なく入手できるようになるだろうと楽観しているが、一時期の物不足にはいろいろと考えさせられた。

こうして徐々にではあるが日常が戻ってくるように見える一方、第二波発生か、というニュースもちらほらと聞こえてきている。現状は映画『ジョーズ』でいえば小さいサメが捕まったあたり、『シン・ゴジラ』なら〝蒲田くん〟が海に帰ったあたりという観測もあって、練習を再開したと思ったらすぐにまた施設が閉鎖、という心配もある。一年でいちばん過ごしやすい初夏の陽気ではあるものの、どうにも気分がすっきりしない。

大学のほうは前期（春学期）を通してリモート授業になることが決まっていて、緊急事態宣言の解除も関係なし。担当しているのが翻訳演習なので、課題文を訳してもらい、添削して解説と試訳を添えて返す、という形でやっていたのだが、学生とまったく顔を合わせないというのも不自然なので、六月からはＺｏｏｍを使って授業をすることにした。先日一度やってみたのだが、精神的にかなり疲れる。慣れればこのほうが楽だという人もいるので、そうなることを期待したい。いわゆる〝オンライン飲み会〟ではそんなに疲れたりしないので、やはり緊張感が違うということなのだろう。

そんなことで鬱々としていたら、米スペースX社の有人宇宙船「クルードラゴン」が打ち上げに成功したとのニュースが入ってきた。このところ毎日「感染者がさらに増えた」「今日は何人死んだ」といった暗いニュースばかりだったところに、希望の光が射したような気がした。ディストピアSFばかり読んでうんざりしていたとき、明るい宇宙開拓SFに出会ったような気分とでも言おうか。

この「クルードラゴン」というのは「乗員用ドラゴン宇宙船」という意味で、これとは別に貨物用の「カーゴドラゴン」がある。つまり船名ではなく機種名であり、固有の船名は《エンデヴァー》になったそうだ。今回は最後の試験飛行で、乗員はNASAの宇宙飛行士、ボブ・ベーンケンとダグ・ハーリイの二名。無事に帰還すれば本格運用に入り、八月三十日には野口聡一さんを含む四名体制での打ち上げを目指すとのこと。ぜひ今回のミッションから無事に帰還し、今後につなげてもらいたいと切に願っている。

しかし疫病の蔓延といい、宇宙への進出といい、ミネアポリスでの事件に端を発してニューヨークなどにも拡大した大規模な暴動といい、まるでSF作品の中に転移したようだと感じる。できることならこれがディザスター系ではなく、明るく楽しい大団円を迎えるSFでありますように。

伊藤典夫翻訳SF傑作選
ボロゴーヴはミムジイ

Mimsy Were the Borogoves and Other Stories

ルイス・パジェット他
高橋良平編

未来人がタイム・マシンのテスト用に過去へと送ったいらなくなったおもちゃ。それを偶然手にした兄妹は……ルイス・パジェットの幻の名作である表題作をはじめ、SF界の大御所ポールの初期の代表作「虚影の街」、ブラナーの「思考の谺」など、SF界きっての目利き伊藤典夫が惚れこみ翻訳した七中短篇を収録。

ハヤカワ文庫

伊藤典夫翻訳SF傑作選
最初の接触

First Contact and Other Stories

マレイ・ライン スター他
高橋良平編

無辺の空間に茫然とひろがるカニ星雲――その外縁部で地球の探査船が遭遇した漆黒の異星船は、敵か味方か？　ＳＦ界の重鎮によるファースト・コンタクト・テーマの決定版、ラインスター「最初の接触」をはじめ、名翻訳家伊藤典夫が惚れこみ翻訳した宇宙ＳＦの中から、ＳＦ評論の第一人者高橋良平が７篇を厳選。

タイム・シップ〈新版〉

The Time Ships

スティーヴン・バクスター
中原尚哉訳

〈英国SF協会賞／フィリップ・K・ディック賞受賞〉 一八九一年、タイム・マシンを発明した時間航行家は、エロイ族のウィーナを救うため再び未来へ旅立った。だが、たどり着いた先は、高度な知性を有するモーロック族が支配する異なる時間線の未来だった。英米独日のSF賞を受賞した量子論SF。解説／中村融

訳者略歴　1956年生，1979年静岡大学人文学部卒，英米文学翻訳家　訳書『惑星チョルト奪還作戦』ツィーグラー＆マール，『フロストルービンふたたび』ヴィンター＆ツィーグラー（以上早川書房刊），『巨星』ワッツ他多数

HM=Hayakawa Mystery
SF=Science Fiction
JA=Japanese Author
NV=Novel
NF=Nonfiction
FT=Fantasy

宇宙英雄ローダン・シリーズ〈620〉

深淵《しんえん》の独居者《どつきよしや》

〈SF2287〉

二〇二〇年七月　十日　印刷
二〇二〇年七月十五日　発行

（定価はカバーに表示してあります）

著者　アルント・エルマー　ペーター・グリーゼ
訳者　嶋《しま》田《だ》洋《よう》一《いち》
発行者　早川浩
発行所　株式会社　早川書房
郵便番号　一〇一 - 〇〇四六
東京都千代田区神田多町二ノ二
電話　〇三 - 三二五二 - 三一一一
振替　〇〇一六〇 - 三 - 四七七九九
https://www.hayakawa-online.co.jp

乱丁・落丁本は小社制作部宛お送り下さい。
送料小社負担にてお取りかえいたします。

印刷・信毎書籍印刷株式会社　製本・株式会社川島製本所
Printed and bound in Japan
ISBN978-4-15-012287-4 C0197